Ulrich Seidel

DUNKLE GESCHICHTEN AUS Erfurt

Bildnachweis

BStU Berlin: Sign. BStU, MfS, GH, Nr. 9/89, Bl. 469: S. 22; Seidel, Ulrich: S. 7, 8, 10, 13, 16, 17, 19, 21, 31, 36, 39, 45, 46, 60, 63, 75, 78; Stadtarchiv Erfurt: Sign. 7/161-30-101, Blatt 128: S. 24; Stadtarchiv Erfurt, Sign. 6_0_18A23_021: S. 48; Stadtarchiv Erfurt, Sign. 7/355 - 77.14/Google Earth (Montage: Ulrich Seidel): S. 51; Stadtarchiv Erfurt, Sign. 6_0_10J13_006: S. 55; Stadtarchiv Erfurt, Sign. 6_0_15A3_028: S. 70

Ein herzliches Dankeschön richte ich an die Mitarbeiterinnen und Mitarbeiter der Stadtarchivs Erfurt für ihre fachliche Unterstützung und die sehr angenehme Zusammenarbeit. Herrn Ulrich Müller, BStU Berlin, danke ich für die unproblematische Abwicklung meines Forschungsauftrages. Schließlich danke ich meiner Familie für die Unterstützung und die Rücksicht, die sie mir gewährten.

1. Auflage 2020

Umschlaggestaltung: r2 | Ravenstein, Verden
Layout und Satz: Schneider Professionell Design, Schlüchtern-Elm
Druck: Druckerei Zimmermann Druck + Verlag GmbH, Balve
Buchbinderische Verarbeitung: Buchbinderei S. R. Büge, Celle

34281 Gudensberg-Gleichen, Im Wiesental 1
Tel. 0 56 03 - 9 30 50 www.wartberg-verlag.de
ISBN 978-3-8313-3274-8

Inhalt

Vorwort

In über 1260 Jahren Stadtgeschichte ist in Erfurt allerhand passiert. Lesen Sie in diesem Buch, wie Anfang des 16. Jahrhunderts der Erfurter Ratsherr Heinrich Kellner den Tod fand und warum ein Grenzoffizier von einem Richter des Erfurter Bezirksgerichts zum Tode verurteilt wurde. Erfahren Sie mehr über die Zitadelle Petersberg und das Soldatenleben im 17. Jahrhundert. Hochtrabende Pläne, monströse Bauvorhaben und skurrile Projekte, die die Stadt verändert hätten und leider oder zum Glück nicht verwirklicht wurden, tauchen aus den dunklen Schubladen des Stadtarchivs Erfurt auf. Zwei zehnjährige Jungs nehmen Sie mit auf einen kurzen Ausflug in die Unterwelt Erfurts und ganz nebenbei erfahren Sie etwas über die Wasserversorgung in der Stadt. Wie die beliebten Figuren des Kinderkanals in Erfurt Einzug hielten und was ihnen widerfahren ist, ist mindestens so interessant wie tragische Eisenbahnunfälle. Nachgezeichnet werden die unglücklichsten Stunden im Gutenberg-Gymnasium, aber auch Merkwürdigkeiten aus der Frühen Neuzeit in Erfurt. Was man nachts so erleben kann, das erfahren Sie natürlich auch.
Ich wünsche Ihnen, liebe Leserin, lieber Leser, eine spannende Lektüre mit dunklen Geschichten aus Erfurt.

Ihr

Ulrich Seidel

Das ist Oberriesendoppelmist!

Seit 1997 hat der Kinderkanal von ARD und ZDF seinen Sitz im Landesfunkhaus Thüringen des Mitteldeutschen Rundfunks. Von hier aus wird täglich zwischen 6 und 21 Uhr ein spezifisches Programm für Kinder im Alter zwischen 3 und 13 Jahren gesendet. Bernd das Brot ist eine der beliebtesten Figuren des KiKa, die das Recht auf schlechte Laune auf besonders liebenswerte Art propagiert. Dafür erhielt Bernd das Brot, beziehungsweise sein Erfinder Tommy Krappweis, 2004 den Grimme-Preis!
2007, zum 10. Jubiläum des KiKa, hatten der damalige Programmdirektor Frank Beckmann und der Erfurter Oberbürgermeister die Idee, Figuren aus dem Programm des KiKa in der Stadt aufzustellen. Finanziert aus Spenden, begannen die Bildhauer Christian Paschold, Frank Meyer und Thomas Lindner die Figuren anzufertigen. 2008 wurde Bernd das Brot als erste von aktuell 14 Figuren in der Innenstadt aufgebaut.
Mittwoch, 21. Januar 2009. Eine dunkle Winternacht. Es ist kalt. Eine Gruppe Unbekannter steigt am Fischmarkt aus einem Transporter. Vermummte Gestalten hantieren mit klammen Fingern und lösen die Verschraubungen, die die Skulptur von Bernd das Brot mit dem Untergrund verbinden. Bemüht, möglichst wenig Geräusche zu machen, arbeiten die Unbekannten schnell, denn selbst zu dieser nächtlichen Stunde müssen sie jederzeit mit zufällig vorbeikommenden Passanten rechnen. Nach wenigen Minuten hieven die Unbekannten die 125 Kilogramm schwere Skulptur auf den Transporter und verlassen den Tatort. Bernd das Brot hatte seinen angestammten Platz verlassen und war am nächsten Morgen nicht mehr auffindbar. An der Wand des Rathauses war zu lesen: „Komme gleich wieder!“ Für kurze Zeit war im Internet ein „Bekenner-Video“ zu sehen, allerdings

wurde dieses vom Mitteldeutschen Rundfunk aus urheberrechtlichen Gründen rasch gesperrt. Die Polizei begann ihre Ermittlungen, denn die Fan-Gemeinde von Bernd ist groß und man war empört. Viele Kinder stimmten auf der Webseite des KiKa ab und stuften die Entführung von Bernd als „Riesenmist" ein. Auch große überregionale Tageszeitungen, darunter Spiegel, Stern, Die Welt, Die Zeit und Frankfurter Allgemeine, berichteten von der Entführung.

In manchen Berichterstattungen konnte man zwischen den Zeilen ein Schmunzeln und Augenzwinkern herauslesen, doch für die Freunde von Bernd das Brot war und ist die Entführung des missgelaunten Kastenbrotes, das am liebsten zu Hause bleibt, seine Raufasertapete anstarrt und deren Muster auswendig lernt, keineswegs ein Spaß. Die Polizei hatte mit ihren Untersuchungen keinen Erfolg. Weder die Täter noch der Aufenthaltsort von Bernd das Brot konnten ermittelt werden. Es gab ja nicht mal Forderungen der Entführer. Die Stadtverwaltung Erfurt erhielt lediglich ein Bekennerschreiben einer Gruppe, die sich „129 A-Team" nannte und wohl mit den Hausbesetzern sympathisierte, die einige Gebäude der einstigen Firma Topf & Söhne in der Weimarischen Straße besetzt hielten, deren Räumung bevorstand.

Ortswechsel: Nohra, ein kleines Örtchen zwischen Erfurt und Weimar, an der Bundesstraße 7 gelegen. 1. Februar 2009. Es war Nachmittag. Einige junge Leute vom Verein „Flugplatz Nohra" hatten die Erlaubnis erhalten, das einstige Militärgelände der russischen Streitkräfte am Ortsrand zu betreten. Sie wollten in den zum Abriss vorgesehenen Gebäuden Zeitdokumente sichern. Bei der Erkundung von Kellerräumen entdeckten die Jugendlichen die Skulptur von Bernd das Brot und riefen bei der Polizei in Weimar an. Die Weimarer Polizisten informierten ihre

Kollegen in Erfurt. Wenig später war ein Spurensicherungstrupp in Nohra und dokumentierte die Auffindsituation. Die Skulptur wurde vermessen und „erkennungsdienstlich“ behandelt. Schließlich wollte man sicher sein, dass es sich wirklich um die Skulptur von Bernd das Brot handelte. Schon am 4. Februar stand Bernd wieder an seinem angestammten Platz. Im darauffolgenden Jahr erfolgte eine gründliche Überarbeitung der Skulptur. Diesmal wurde sie fest mit einem Betonsockel verbunden, was eine erneute Entführung wohl wesentlich erschweren würde. Seit Juni 2010 steht Bernd das Brot wieder als überaus beliebtes Fotomodell für alle Erfurter und die Gäste der Stadt zur Verfügung.

Bernd das Brot bewacht das Rathaus mit stoischer Gelassenheit und seinem ganzen Missmut.

Doch die Entführung von Bernd das Brot ist nicht das einzige Verbrechen, das an den Figuren des KiKa verübt wurde. Im Juli 2019 wurde Hein Blöd, der mit Käpt'n Blaubär im Breitstrom mit seinem Boot unterwegs ist, Opfer einer grausigen Tat. Unbekannte hatten sich im seichten Wasser des Breitstromes, unweit der Schlösserbrücke, der Figurengruppe genähert und schlugen Hein Blöd den Kopf ab! Am Morgen des 26. Juli 2019 bemerkten Passanten die Verstümmelung der Skulptur und meldeten dies der Stadtverwaltung, die ihrerseits Anzeige wegen Sachbeschädigung bei der Polizei erstattete. Es ist aber nicht nur eine Sachbeschädigung, wenn solch beliebte Figuren zerstört werden, denn Hein Blöd war und ist für viele Kinder und auch manchen Erwachsenen ein guter Freund, dessen körperliche Unversehrtheit genauso wichtig ist wie die eigene. Auch in diesem Falle konnte die Polizei den Übeltäter nicht ermitteln. Mit einem vierstelligen Finanzaufwand stellte der Metallgestalter Frank Meyer die Skulptur wieder her. Seit November 2019 rudern Hein Blöd und Käpt'n Blaubär abermals zufrieden und zur Freude ihrer Fans im Breitstrom.

Weitere 14 KiKa-Figuren wurden Opfer von Vandalismus. Dazu lassen wir am besten Bernd das Brot sprechen: „Das ist überhaupt nicht lustig! Das ist Oberriesendoppelmist!“

Eine Kahnfahrt, die ist lustig … außer, wenn Hein Blöd dabei den Kopf verliert.

Vom Bettler Schuch und der Pest

Krankheiten und Epidemien gehören zur Menschheitsgeschichte. In der Vergangenheit wurde Erfurt von verschiedenen schlimmen Krankheiten wie Typhus, Cholera oder Pest heimgesucht. Eine erste Pestepidemie in Erfurt ist aus den Jahren 1348–1350 überliefert. Damals starben etwa 12.000 Menschen an dieser hoch ansteckenden Krankheit. Ende des 14. Jahrhunderts sind zwei Epidemien bekannt. Im Laufe des 15. Jahrhunderts grassierte die Pest fünfmal in Erfurt.

Anfang des 16. Jahrhunderts lebte ein Bettler namens Schuch in Erfurt. Erstmals taucht dieser Mann in einer 1613 von Johann Binhard veröffentlichten Chronik auf und wird als „Grundschalk", als Spaßvogel und lustiger Geselle, beschrieben. Mehr als zweihundert Jahre später charakterisiert ein anderer Chronist Schuch als einen „in der ganzen Stadt bekannten Trunkenbold". Wie auch immer, wenn wir den beiden Chronisten glauben wollen, gab es 1517 wieder einmal die Pest in der Stadt. Allein in der Reglergemeinde starben Ende September mindestens 60 Menschen innerhalb kürzester Zeit. Neben der Reglerkirche, dort wo heute das Gebäude der Deutschen Bank steht, war deren Kirchhof. Die Totengräber legten die Leichen in einer tiefen Grube ab, die sie notdürftig mit Brettern abdeckten. Es war ein schöner, sonniger Tag Ende September. Schuch, der stadtbekannte Bettler und Trunkenbold, hatte tagsüber einiges Geld erbettelt. Abends trug er sein „Einkommen" am liebsten ins Wirtshaus. Bald hatte er genug getrunken und begab sich schwankend heimwärts. Sein Weg führte ihn über den Kirchhof bei der Reglerkirche. Er torkelte hin und her und kam der Totengrube bedenklich nahe. Schließlich trat er auf eines der Bretter, die die Grube abdeckten, und brach ein.

Er fiel auf die Pesttoten und sah sich verwundert um, machte sich aber keine allzu großen Sorgen. Er freute sich, dass er ein weiches Nachtlager gefunden hatte und sank in den Schlaf. Schließlich sagt man ja, das Kinder und Betrunkene Schutzengel hätten.

Der Kirchhof der Reglerkirche existiert nicht mehr.

Am nächsten Morgen erwachte Schuch etwas verkatert und rieb sich die Augen. Jetzt sah er, wo er die vergangene Nacht gelegen hatte und versuchte, aus der Grube zu klettern. Die war aber so tief, dass er nicht hinausgelangen konnte. Er begann laut zu fluchen und um Hilfe zu rufen. Das hörten die Nachbarn, doch sie trauten sich nicht, dem Trunkenbold zu Hilfe zu kommen, weil sie glaubten, ein Toter sei lebendig geworden. Erst als die Totengräber am Michaelistag gegen neun Uhr weitere Pesttote in der Grube ablegen wollten, fanden sie den Bettler Schuch und halfen ihm aus seiner misslichen Lage. Schuch hatte sich, obwohl er mitten unter den Pesttoten lag, wahrscheinlich nicht infiziert, jedenfalls schweigen die Chronisten darüber.

Enteignung

Zum Zeitpunkt der Gründung der DDR im Oktober 1949 waren Banken, Schwerindustrie und andere Großbetriebe bereits enteignet. Manche wurden als Sowjetische Aktien-Gesellschaften (SAG) geführt, wie beispielsweise der Pressen- und Scherenbau „Henry Pels", der überwiegende Teil jedoch als volkseigener Betrieb (VEB). Die weiteren nun verdeckten Enteignungen trafen den klein- und mittelständischen Handel, das Gewerbe und die Bauernschaft. Als Rechtfertigung für Enteignungen dienten in den meisten Fällen die Bestimmungen, die nach der Wirtschaftsstrafverordnung vom 23. September 1948 Anwendung fanden. Im zentralen Paragrafen 1 hieß es dort: „(1) Wer die Durchführung der Wirtschaftsplanung oder die Versorgung der Bevölkerung dadurch gefährdet, dass er vorsätzlich

1. entgegen einer für ihn verbindlichen Anordnung einer Dienststelle der Wirtschaftsverwaltung die Herstellung, Gewinnung, Verarbeitung, Bearbeitung, Beförderung oder Lagerung von Rohstoffen oder Erzeugnissen ganz oder teilweise unterlässt oder fehlerhaft vornimmt,
2. Gegenstände, die wirtschaftlichen Leistungen zu dienen bestimmt sind, ihrem bestimmungsmäßigen Gebrauch entzieht oder ihre Tauglichkeit hierfür mindert, wird mit Zuchthaus und Vermögenseinziehung bestraft."

Nach der 2. Parteikonferenz der SED (Sozialistische Einheitspartei Deutschlands) im Juli 1952 wurde die Praxis der verdeckten Enteignung radikalisiert und die gesellschaftspolitischen Ziele hinter dem Vorwurf krimineller Wirtschaftssabotage versteckt. Erklärtes politisches Ziel war es, die Marktmechanismen der freien Wirtschaft außer Kraft zu setzen und Wirtschaft und die Gesellschaft mit sozialistischer Planung zu gestalten. Die SED-Führung war entschlossen, alle Produktionsmittel in Volkseigentum zu überführen. Es wurden zunehmend wirtschaftsregulierende Gesetze und Verordnungen erlassen und mit Strafandrohungen versehen. Ein ausgeklügeltes System aus Steuergesetzen, Preis- und Rohstoffkontrollen, Devisenbewirtschaftungsverordnungen sowie Pflichtabgabe- und Bestandsmeldeverordnungen erwies sich als bestens geeignet, um selbstständige Unternehmer entweder in den Ruin oder in das Gefängnis zu führen. Selbst Ernteausfälle, sei es witterungsbedingt oder wegen unzureichender Betriebsmittellieferungen (Düngemittel, Saatgut, Maschinen u. dgl.), wurden wahlweise als Sabotage oder Verstoß gegen die Wirtschaftsstrafverordnung ausgelegt und zogen oft eine Enteignung nach sich. In den 1950er-Jahren wurden diese verdeckten Enteignungen forciert. Die Betriebe sollten mit allen Mitteln, und das ist durchaus wörtlich gemeint, verstaatlicht wer-

Viele Haftzellen waren so oder ähnlich ausgestattet wie die Haftzelle in der Gedenkstätte Andreasstraße.

den. Neben vielen anderen traf es auch ein alteingesessenes Erfurter Gartenbauunternehmen.

Ein Montag im Februar 1953: Kurz nach Dienstbeginn erschienen mehrere finster dreinblickende Herren in Zivil in den Büros der Geschäftsleitung und verhafteten den Geschäftsführer, den Hauptbuchhalter, den Betriebsratsvorsitzenden und den Verwaltungsleiter, also die gesamte Führungsmannschaft. Anfänglich hieß es lapidar „zur Klärung eines Sachverhaltes", bald aber wurden der Betriebsführung Sabotage und Verstöße gegen die Wirtschaftsverordnungen vorgeworfen – ein Druckmittel gegenüber denjenigen, die nicht freiwillig einer Verstaatlichung zustimmten. Der Inhaber der Gartenbaufirma war keineswegs zu einer Aufgabe seines Familienunternehmens bereit. Sein Großvater hatte die Firma 1867 gegründet, sein Vater das Unternehmen durch die Wirren der beiden Weltkriege geführt. Und nun sollte alles Streben, all der Aufwand vergeblich gewesen sein?

Die Früchte jahrzehntelanger Arbeit sollten andere ernten? Das wollte er nicht.
Die Haftbedingungen waren unwürdig. In einer Zelle, die eigentlich für zwei Inhaftierte vorgesehen war, waren 12 Häftlinge untergebracht. Obwohl es Winter war, bekamen je zwei Inhaftierte nur eine Wolldecke. Als Schlafgelegenheit diente eine Matratze, die auf dem Fußboden lag und tagsüber aus der Haftzelle entfernt wurde. Die Verpflegung mussten die Familienangehörigen übernehmen. Damit die Gefangenen keine Gelegenheit bekamen, Vertrauen zueinander zu fassen, verlegten die Wärter sie häufig in andere Zellen oder Gebäudeteile. Die Ehefrau des Geschäftsinhabers durfte in dieser Zeit den Betrieb nicht betreten, die Führung des Unternehmens wurde einem Treuhänder übertragen. Sie setzte sich dennoch vehement für die Freilassung ihres Mannes und der anderen Inhaftierten ein, nutzte ihre Kontakte zu Kommunalpolitikern, Staatsanwälten und anderen möglichen Fürsprechern und erreichte nicht nur eine Verbesserung der Haftbedingungen für ihren Mann, sondern auch endlich dessen Freilassung im August 1953. Die gegen ihn vorgebrachten Anschuldigungen konnten letztendlich nicht bewiesen werden, doch ein erstes Ziel hatten die Wirtschaftspolitiker erreicht: Die Verunsicherung im Betrieb war groß und das Vertrauensverhältnis der Mitarbeiter zur Geschäftsleitung erschüttert.
Erfurts damaliger Oberbürgermeister sandte nach der Haftentlassung ein Schreiben an den Anwalt des Unternehmens, das einen fast entschuldigenden Ton hatte und eine gewisse Fürsorge suggerierte: „Nachdem die Staatsanwaltschaft das Ermittlungsverfahren [...] eingestellt hat, habe ich mit Wirkung zum heutigen Tage [26.10.1953] die Treuhandverwaltung über die Firma aufgehoben und den Treuhänder abberufen. Ich habe den Treuhänder

ersucht, die von ihm verwalteten Vermögenswerte unverzüglich […] zurückzugeben und […] über seine Geschäftsführung Rechenschaft zu legen. Ich bitte Sie, nach Rückgabe und erfolgter Rechenschaftslegung [...], mir die ordnungsgemäße Rückgabe zu bestätigen und mir gleichzeitig mitzuteilen, ob und welche Beanstandungen gegen die Geschäftsführung des Treuhänders zu erheben sind.“ Das Schreiben war grußlos unterzeichnet. In den folgenden fast zwanzig Jahren wurde weiter schikaniert, provoziert und gestichelt. Am Ende dieser zermürbenden Zeit stimmte der Inhaber der Gartenbaufirma einer Verstaatlichung zu. Der einstige Familienbetrieb wurde als Kommanditgesellschaft weitergeführt. Alle Gewinne flossen dem Staat zu, das unternehmerische Risiko lag zu 100 % beim einstigen Besitzer der Firma, der mit seinem gesamten Privatvermögen haftete.

Verlassene Orte – dunkle Gebäude

Häufig gehen wir achtlos an Gebäuden vorbei, ohne zu ahnen, was sich in deren Inneren einst abgespielt hat. In der Thälmannstraße gibt es gleich zwei solche Häuser, von denen wir herzlich wenig wissen, außer vielleicht, zu welchem Zwecke sie errichtet wurden. Zwischen der Iderhoffstraße und der Theo-Neubauer-Straße erstreckt sich ein Gebäudekomplex, der einst die Malzfabrik Wolff beherbergte. Seine Ausmaße sind beeindruckend: Der Bau füllt den Bereich zwischen den beiden Straßen auf einer Länge von mehr als 130 Metern. In die Tiefe erstreckt er sich mehr als 80 Meter Richtung Rathenaustraße. Hier hatte die einst modernste und größte Malzfabrik in Deutschland ihre Produktionsstätte. Architektonisch folgt dieser

Ein faszinierender Raum, in dem einst das Getreide zur Weiterverarbeitung gelagert wurde.

Bau dem Zweck, dennoch legten die Firmeninhaber Wert auf eine ansprechende äußere Gestaltung und die Klinkerfassade weist zahlreiche Verzierungen auf. Zurzeit gehören Gebäude und Grundstück der Erfurter Malzwerke GmbH. Dieses Unternehmen produziert heutzutage rund 120.000 Tonnen Malz für die verschiedensten Zweige der Nahrungsmittelindustrie.

Johann Georg Wolff war Mitte des 19. Jahrhunderts Inhaber einer Seifensiederei und betrieb gemeinsam mit seinen Söhnen Fritz, eigentlich Friedrich Ernst, und Hermann einen Getreidegroßhandel. Sie firmierten ab 1864 als „J. G. Wolff & Söhne“. Fünf Jahre später erwarb die Firma eine Mälzerei am heutigen Standort des Thüringenhauses (Juri-Gagarin-Ring/Huttenplatz). Ab 1885 ließ die Firma Wolff das Fabrikgebäude in der heutigen Thälmannstraße errichten. Der Architekt Georg Bierbaum, er selbst bezeichnete sich als „Spezialist für Geschäftshaus- und Fabrikbauten“, hatte ein modernes Produktionsgebäude

Sozialräume waren Ende des 19. Jahrhunderts keineswegs selbstverständlich.

entworfen, das den Ansprüchen an Produktion und Verwaltung mehr als genügte.
1897 teilte die Familie das Unternehmen. Hermann Wolff behielt die Malzfabrikation im Kochlöffel, so hieß das Gelände am Huttenplatz einst, und Fritz Wolff übernahm die Malzfabrik in der Thälmannstraße, damals Moltkestraße genannt. Die Malzproduktion lief auf Hochtouren, die Erfurter Malzfabriken versorgten mindestens 13 Brauereien in der Stadt mit Braumalz und verkauften es vielen anderen Abnehmern in Deutschland und im Ausland. Nach dem Ende des Zweiten Weltkriegs wurden die Besitzer enteignet und die Malzfabrik als volkseigener Betrieb weitergeführt. Zu DDR-Zeiten kam zeitweise bis zu einem Drittel des gesamten Malzbedarfes aus Erfurt!
Mit der Einführung der Marktwirtschaft in den „fünf neuen Ländern“ firmierte der einstige VEB als Erfurter Malzwerke GmbH. 1992 übernahm die Getreide AG Rendsburg alle Anteile der

GmbH und modernisierte die Produktionsstätte im Norden der Stadt. Im Fabrikgebäude in der Thälmannstraße wurde noch bis in das Jahr 2000 produziert. Dann fiel das Vergessen über den Bau. Nur eine Schlosserei nutzte die Räume im Erdgeschoss an der Ecke Thälmannstraße/Iderhoffstraße, bis auch diese nach dem Verkauf des Gebäudes ein neues Domizil fand.
Bevor das imposante Gebäudeensemble in den kommenden Jahren für Wohnzwecke umgebaut wird, wollen wir einen kurzen Blick hineinwerfen. Im Dachgeschoss kam das Getreide an und wurde gelagert, bevor es von Etage zu Etage nach unten transportiert und dabei zu verschiedenen Malzsorten verarbeitet wurde. Das fertige Produkt kam in Silos zu den Kunden. Es sind beeindruckende Räume, allein ihre Größe ist bemerkenswert. Die seit vielen Jahren ungenutzten Maschinen und Anlagen verströmen einen morbiden Charme. Es wird sicher ein eindrucksvolles Gebäude bleiben, wenn es auch Veränderungen an der Fassade geben wird. Wichtig ist, dass in diesen einstigen Industriebau wieder Leben einzieht.
An der großen Kreuzung Stauffenbergallee/Thälmannstraße, dem „Schmidtstedter Knoten Nord“, steht am Ende der Thälmannstraße ein großer einstiger Industriebau, der heute als Wohnhaus genutzt wird. Hier war einst die Lampenfabrik von Friedrich August Stübgen. Er hatte 1843 in der Pilse 8, nahe dem Erfurter Anger, mit der Produktion von Lampen, Laternen und Metallerzeugnissen begonnen und übernahm außerdem Lackierarbeiten. 1857 kamen aus der Firma Stübgen die ersten Gaslaternen als Stadtbeleuchtung. Spätestens ab 1903 stellte die Lampenfabrik in der Thälmannstraße 5, dem Eckhaus zur Stauffenbergallee, Lampen, Laternen und Metallerzeugnisse her.
In den 1970er-Jahren produzierte das optima Büromaschinenwerk Erfurt elektrische Geräte für den DDR-Markt. Es gab eine

Lehrwerkstatt, in der die Erfurter Schüler ihren Unterrichtstag in der sozialistischen Produktion (UTP) absolvierten. Einige meiner Klassenkameraden erinnern sich, dass sie Belichtungsuhren für Fotoamateure zusammenschrauben und die Funktionsweise prüfen mussten. Die Belichtungszeit wurde an einem Stellrad eingestellt und mit dem Wert einer Stoppuhr, die zur selben Zeit in Gang gesetzt werden musste wie die Belichtungsuhr, verglichen. War der Unterschied zu groß, ging die Belichtungsuhr zurück und wurde neu eingestellt. Damit verbrachten wir rund vier Stunden im UTP, im Volksmund „Uninteressante Tätigkeit in Produktionsnähe“. Bis zur Sanierung des Fabrikgebäudes ab dem Jahr 2009 war das einstige Firmensignet der Lampenfabrik Stübgen am Giebel des Hauses zu sehen. Oft wurde es als Reichsadler verkannt, eigentlich stellt es aber eine Fledermaus dar.

Am Giebel der einstigen Lampenfabrik Stübgen ist der Umriss des Firmensignets (Links vom Stufengiebel, beginnend bei der dritten Stufe von oben) gut erkennbar: eine Fledermaus.

Die Hinrichtung

Erfurt. Domplatz. Gebäude des heutigen Landgerichts Erfurt. Es ist der 5. Mai 1960. Die Hauptverhandlung gegen Manfred Smolka beginnt. Smolka sollte als Offizier der Grenzpolizei im Kreis Lobenstein mit seinen Grenzpolizisten die Staatsgrenze der DDR zur BRD sichern. Smolka hatte aber so seine Probleme mit dem DDR-Regime. Er war zwar Mitglied der SED, doch nur „mit halbem Herzen". Als am 17. Juni 1958, dem fünften Jahrestag des Volksaufstands, verschärfte Sicherungsmaßnahmen an der Grenze befohlen wurden – Bauern durften unter anderem ihre Felder an der Grenzlinie nicht betreten – verweigerte Smolka die Ausführung dieser Befehle und begründete seine Entscheidung lautstark in seiner Grenzkompanie.

Die Funktionäre versetzten Smolka im Juli 1958 erst vom aktiven Dienst in der Grenzpolizei-Kompanie in Titschendorf ins „Hinterland", die Grenzbereitschaft Zschachenmühle, wo er weniger Einfluss auf Untergebene hatte. Am 31. Oktober 1958 wurde Smolka schließlich von seinem Dienst in der Deutschen Grenzpolizei „entpflichtet". Er wurde vom Oberleutnant zum Feldwebel degradiert und aus dem aktiven Dienst entlassen. Nun versuchte Smolka sich als Gelegenheitsarbeiter über Wasser zu halten, was ihm nicht recht gelingen wollte. Am 15. November 1958 flüchtete Smolka über die Grenze in die BRD. Im Jahr drauf wollte er seine Frau und seine Tochter nachholen. Am 22. August 1959 wurden Manfred Smolka, seine Frau Traudel und die gemeinsame Tochter beim Versuch des Grenzübertrittes verhaftet. Smolka selbst wurde durch einen Schuss aus der Maschinenpistole Hauptmann Völkers am Oberschenkel verletzt, nach Aussage des Schützen „ein unwesentlicher Durchschuss".

Das Gebäude des Landgerichts Erfurt wurde zwischen 1874 und 1879 errichtet.

Nach der Festnahme kamen Manfred und Traudel Smolka nach Berlin in die Stasi-Zentrale in der Magdalenenstraße in Untersuchungshaft. Traudel wurde später wegen „Republikflucht“ zu vier Jahren Zuchthaus verurteilt. Die Vorwürfe gegen Manfred Smolka wogen schwerer. Die Stasi konstruierte Spionage und Geheimnisverrat, schließlich hätte Smolka ja internes Wissen über Strukturen, Abläufe und Örtlichkeiten des Grenzregimes in seinem ehemaligen Tätigkeitsgebiet. Die Anklageschrift erarbeitete die Stasi, ein „Geständnis“ legte Smolka nach zermürbenden Verhören ab. Der für „Ermittlungsverfahren mit politischer Bedeutung“ zuständige Oberstleutnant Neumann (Hauptabteilung IX/6 der Stasi) unterbreitete den Vorschlag, an Smolka ein Exempel zu statuieren und ihn zum Tode zu verurteilen. Minister Mielke

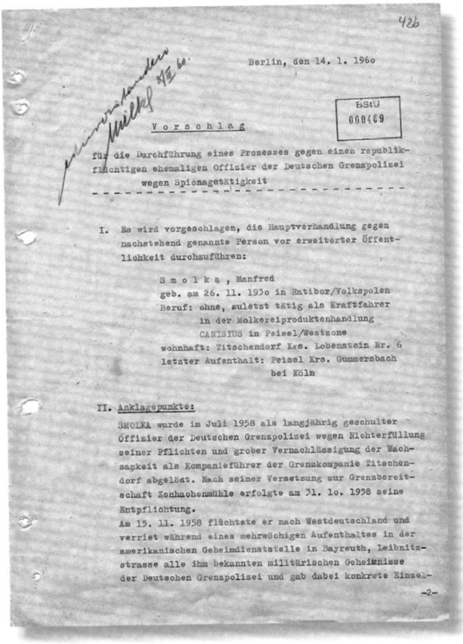

Berlin, den 14. 1. 1960

BStU
000469

V o r s c h l a g

für die Durchführung eines Prozesses gegen einen republikflüchtigen ehemaligen Offizier der Deutschen Grenzpolizei wegen Spionagetätigkeit

- -

I. Es wird vorgeschlagen, die Hauptverhandlung gegen nachstehend genannte Person vor erweiterter Öffentlichkeit durchzuführen:

S m o l k a , Manfred
geb. am 26. 11. 1930 in Ratibor/Volkspolen
Beruf: ohne, zuletzt tätig als Kraftfahrer in der Molkereiproduktenhandlung CANISIUS in Peisel/Westzone
wohnhaft: Titschendorf Krs. Lobenstein Nr. 6
letzter Aufenthalt: Peisel Krs. Gummersbach bei Köln

II. Anklagepunkte:

SMOLKA wurde im Juli 1958 als langjährig geschulter Offizier der Deutschen Grenzpolizei wegen Nichterfüllung seiner Pflichten und grober Vernachlässigung der Wachsamkeit als Kompanieführer der Grenzkompanie Titschendorf abgelöst. Nach seiner Versetzung zur Grenzbereitschaft Zschachenmühle erfolgte am 31. 10. 1958 seine Entpflichtung.
Am 15. 11. 1958 flüchtete er nach Westdeutschland und verriet während eines mehrwöchigen Aufenthaltes in der amerikanischen Geheimdienststelle in Bayreuth, Leibnitzstrasse alle ihm bekannten militärischen Geheimnisse der Deutschen Grenzpolizei und gab dabei konkrete Einzel-

-2-

Auf Seite 1 dieses Schreibens erklärte sich Erich Mielke „einverstanden“, einschließlich dem auf der letzten Seite vorgeschlagenen Todesurteil.

erklärte sich auf dem Dokumentenkopf handschriftlich damit einverstanden. Das Urteil stand also bereits fest, bevor die Richter die Anklageschrift in Händen hielten. Smolkas Pflichtverteidiger gehörte zu denen, die auf der Gehaltsliste der Stasi standen. Von dort hatte Smolka also auch nichts Gutes zu erwarten. Einen „erzieherischen Effekt“ versprach sich die Stasi, indem sie als Prozesszuschauer 30 Offiziere der Grenzpolizei einlud.
Manfred Smolka wurde vom Bezirksgericht Erfurt am 5. Mai 1960 zum Tode verurteilt, das Urteil am 12. Juni 1960 in der Zentralen Hinrichtungsstätte Leipzig vollstreckt. 1993 wurde Manfred Smolka juristisch rehabilitiert, doch ein vollstrecktes Todesurteil kann nicht rückgängig gemacht werden. Bisher sind lediglich der damals zuständige Staatsanwalt Paul Wieseler und Smolkas ehemaliger Kollege aus der Grenzpolizei für ihr Handeln zur Rechenschaft gezogen worden.
In der Mediathek der Stasiunterlagenbehörde sind Dokumente dieses Verfahrens im Internet einzusehen: https://www.stasi-mediathek.de/geschichten/erziehung-mit-der-guillotine. Besonders berührend ist das Schlusswort von Manfred Smolka, das als Tonbandmitschnitt vorliegt.

Erfurts U-Bahn

Als ich das erste Mal zufällig die Skizze einer Linienführung für eine U-Bahn in Erfurt sah, glaubte ich an einen Scherz und erinnerte mich an den schlechten Zustand der Straßenbahngleise in der Schillerstraße Anfang der 1970er-Jahre. Wir witzelten damals, hier wollen die Erfurter Verkehrsbetriebe eine U-Bahn-Linie eröffnen – die Gleise haben sie schon mal tiefer gelegt. Doch wenn im Stadtarchiv Erfurt diese Skizzen aufbewahrt werden, heißt das, es gab konkrete Planungen für ein solches Projekt, die über eine lässige Handskizze hinausgehen. Auf zahlreichen Meßtischblättern sind die verschiedenen Varianten einer „Zentrumslösung“ für den Straßenbahnverkehr dargestellt. Und eine dieser Varianten war doch tatsächlich die Einrichtung einer unterirdischen Linienführung der Straßenbahn vom Hauptbahnhof zum Domplatz. Welchen Platz hätten wir Fußgänger mit diesem Bauprojekt gewonnen! Die Bahnhofstraße wäre eine Flaniermeile mit Bänken zum Verweilen, mit Bäumen und viel Grün geworden? Am Anger kein Gedränge an engen Haltestellen mit einem Buchladen im Rücken und einer dicken Säule vor der Tür der Straßenbahn? Die Schlösserstraße, die Marktstraße in ganzer Breite nur für uns Fußgänger? Vielleicht ein wenig Lieferverkehr? Das wäre toll! Am Fischmarkt könnten wir den Kopf in den Nacken legen und die Wasserspeier am Rathausdach bewundern, ohne dass uns das Klingeln und Rattern der Straßenbahn erschreckt. Die Straßenbahnfahrerinnen und -fahrer müssten nicht mehr auf unaufmerksame Fußgänger achten oder im Schneckentempo den Besucherströmen folgen.
Zurück zur Realität: Die Einfahrt in den Tunnel sollte südlich der Kreuzung Böcklinstraße/Windthorststraße liegen. Dem Verlauf der Windthorststraße folgend würden der Flutgraben und der Haupt-

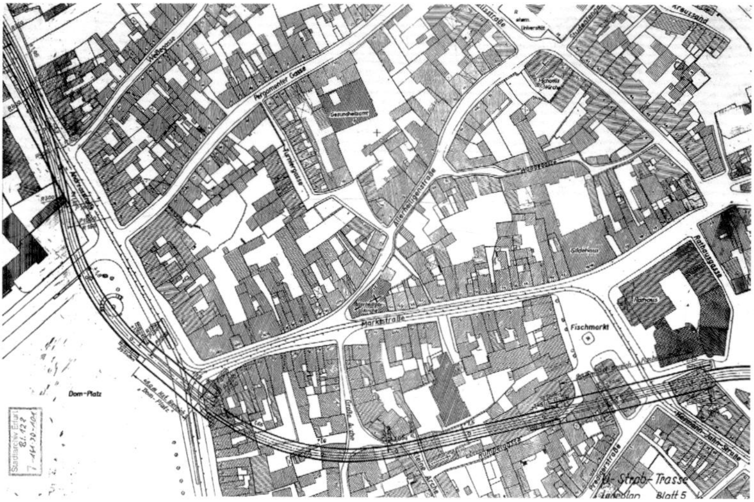

In dieses Meßtischblatt wurde die geplante Streckenführung für die unterirdische Straßenbahn eingezeichnet.

bahnhof unterquert werden. Die erste U-Bahn-Station war unter dem heutigen Busbahnhof vorgesehen. Etwa acht Meter unter dem heutigen Straßenniveau sollte sich die Tunnelsohle befinden. Für die Bahnsteige waren jeweils vier Meter in der Breite und 4,6 Meter in der Höhe geplant. Die Straßenbahnzüge würden einen Verkehrsraum von 2,6 Metern benötigen. Die Fahrgäste sollten am südlichen Ende der Haltestelle über immerhin 41 Stufen und am nördlichen Ende über 48 Stufen hinab zu den Bahnsteigen gelangen. Die Fahrt im Dunkeln wäre unter dem Juri-Gagarin-Ring und östlich der Reglerkirche Richtung Anger weitergegangen.

Im Geiste höre ich eine Lautsprecherdurchsage in unverwechselbarem Erfurtsch: „Nächsde Haldesdelle Onger." Dort läge die etwa 90 Meter lange Haltestelle um einiges tiefer als die am Hauptbahnhof. Die Fahrgäste hätten 72 Stufen am südlichen Zugang, etwa auf Höhe des Nordsee-Restaurants am Anger, zu überwinden. Am nördlichen Zugang zum U-Bahnhof „Anger", an der Ecke Hauptpost, wären es 78 Stufen gewesen. Nördlich der Schlösserstraße, fast parallel zu ihr, sollte die Linie weiter Richtung Fischmarkt führen. Der westliche Zugang zur Haltestelle „Fischmarkt“ mit 56 Stufen war etwa auf Höhe der heutigen Ratskellerpassage, der gegenüberliegende Zugang mit 52 Stufen an der Ecke Rathaus/Sparkasse vorgesehen.

Parallel zur Rumpelgasse, jedoch nördlich von ihr, führte die geplante Trasse Richtung Domplatz. Die Haltestelle Domplatz wäre nur halb so lang gewesen wie die anderen beiden Stationen, hätte aber sonst den Abmaßen der anderen Haltestellen in Breite und Höhe entsprochen. Über 39 Stufen wären wir auf den Bahnsteig gelangt. In den ersten Plänen für die Streckenführung gab es eine Haltestelle direkt vor der Andreaskirche, ehe die Bahn wieder aus dem Untergrund auftauchen und kurz vor der Kreuzung Moritzstraße/Nordhäuser Straße das derzeitige Straßenniveau erreichen würde. Pläne zur Ausgestaltung der Haltestellen und U-Bahn-Stationen sind nicht überliefert, wahrscheinlich hatte man darauf noch keinen Gedanken verschwendet.

Wäre dieses Projekt weiter verfolgt und realisiert worden, wir hätten eine durchaus attraktivere Innenstadt mit mehr Platz und echten, vermutlich ruhigeren Fußgängerzonen. Wir hätten eine Straßenbahn unter der Erde! Doch was wäre das für eine Baustelle gewesen? Über Jahre einen neun Meter tiefen Graben quer durch die Altstadt zu schachten, wäre sicher keine leichte Aufgabe gewesen. Und wenn dieser Tunnel als bergmännisches Bauvorhaben unter Tage vorangetrieben worden wäre, wer weiß, welche Überraschungen die Bauleute da erlebt hätten. Ob man immer Rücksicht auf die historische Bausubstanz und die zahlreichen Kellergewölbe genommen hätte? Sicher nicht. Vielleicht hatten die Entscheidungsträger damals auch solche Bedenken und es gibt aus diesem Grunde heute keine U-Bahn in Erfurt. Schade eigentlich.

Der russische Militärgeheimdienst in Erfurt

In der Alfred-Heß-Straße, unmittelbar an der Kreuzung zur Straße des Friedens, steht ein Wohngebäude mit dunkler Klinkerfassade. Wo heute ganz normale Erfurter wohnen, befand sich nach dem Zweiten Weltkrieg eine Dienststelle des russischen Militärgeheimdienstes. Hier wurden nicht nur Kriegsverbrecher und Mitläufer verhört und in verschiedene Lager verbracht, sondern auch Andersdenkende und Missliebige. Ein denkwürdiges Ereignis ist aus dem Sommer 1945 überliefert. An das genaue Datum konnte sich mein Gesprächspartner nicht mehr erinnern, doch die Geschichte selbst war ihm gegenwärtig, als wäre sie gestern erst passiert.

Das einstige Hotel „Erfurter Hof", vormals „Haus Kossenhaschen" am heutigen Willy-Brandt-Platz, war nach dem Ende des Zweiten Weltkriegs erst von der amerikanischen Kommandantur und ab dem 3. Juli 1945 von der sowjetischen Militäradministration vollständig beschlagnahmt worden und ausschließlich für durchreisende Militärs bzw. sowjetische Staatsbürger reserviert. Die russischen Gäste hatten allen Grund zum Feiern, schließlich hatten sie gemeinsam mit den anderen Alliierten den Zweiten Weltkrieg gewonnen. So manch ausgelassenes Beisammensein fand im Erfurter Hof statt, meist im großen Festsaal. Bei einer Abendveranstaltung stürmten plötzlich russische Militärpolizisten den großen Festsaal und die Küche. Das gesamte Servicepersonal wurde verhaftet. Alle Kellner, Köche und jeder, der irgendetwas mit dieser Abendveranstaltung zu schaffen hatte. Es hieß, alles stehen und liegen lassen, keine Speisen mehr zubereiten oder servieren, keine Getränke an die Tische bringen oder leere Gläser und Teller abräumen. Dawai, dawai!

Mehr als 20 Personen wurden mit Lastkraftwagen zur Vernehmung in die Dienststelle des russischen Geheimdienstes in der Alfred-Heß-Straße 24a abtransportiert. Gespräche untereinander waren verboten. So hing jeder seinen eigenen Gedanken nach und überlegte, was nun werden sollte. Jeder ging die vergangenen Tage durch und fragte sich, ob er irgendeine Verfehlung begangen hatte. Hatte der Beikoch vielleicht zu wenig Salat geputzt, hatte der Weinkellner einen schlechten Wein angeboten oder der Koch den Braten anbrennen lassen? Aber warum dann die gesamte Mannschaft verhaften? Viele Stunden lang blieben die Inhaftierten im Ungewissen. Erst nachdem die Verhöre des gesamten Personals abgeschlossen waren, draußen war es schon wieder hell geworden, wurde der Grund für diese „Massenverhaftung“ bekannt gegeben: Ein russischer Offizier hatte auf seinem Teller eine Stecknadel gefunden und diesen Umstand als Anschlag auf seine Gesundheit angesehen. Es konnte trotz der damals sicher nicht feinfühligen Verhörmethoden nicht ermittelt werden, wie diese Stecknadel auf den Teller des russischen Offiziers geraten war. So musste der Geheimdienst alle verhafteten Angestellten des Erfurter Hofes freilassen. Die verlorene Arbeitszeit mussten sie selbstverständlich nacharbeiten.
Nun noch etwas Spaßiges, ebenfalls aus der Zeit 1945/1946: Ein Offizier der russischen Kommandantur orderte eines Abends beim Kellner einen Gulasch. Als der Kellner das Bestellte aus der Küche abholte, stolperte er auf der Treppe zum Restaurant. Alles, was auf dem Teller lag, landete auf dem Treppenläufer. Was nun? Das letzte Fleisch war zu diesem Gulasch verarbeitet worden. Sollte der Kellner zu dem Offizier gehen und ihm sagen, Gulasch sei alle? Könnte er dafür verhaftet oder gar erschossen werden? Sollte er das Gulasch wieder auf den Teller löffeln und

so tun, als wäre nichts geschehen? Was würde das nach sich ziehen? Letztendlich entschied sich der Kellner dafür, das Gulasch vom Teppich zurück auf den Teller zu schaufeln und zu servieren, als sei nichts passiert. Er durchlitt bange Momente, bis der Offizier, offensichtlich sehr zufrieden, sich zurücklehnte und lobte: „Otschen charascho! Schmeckt wie zu Chause!"

Eine Schule im Ausnahmezustand

Es ist viel über den 15-fachen Mord im Gutenberg-Gymnasium geschrieben und noch mehr darüber diskutiert worden. Eine hochrangig besetzte Kommission unter Vorsitz des damaligen Thüringer Justizministers untersuchte Tathergang und Ablauf des Polizeieinsatzes. Sie legte ihren Abschlussbericht am 19. April 2004, zwei Jahre nach dem Blutbad, vor. Fast jeder Erfurter kennt den Namen des damals 19-jährigen ehemaligen Schülers des Gutenberg-Gymnasiums – ich will ihn hier nicht wiederholen. Im Herbst 2001 sollte der Täter vom Gutenberg-Gymnasium an das Königin-Luise-Gymnasium gehen, konnte dort jedoch nicht aufgenommen werden. Das Angebot des Schulamtes, in ein anderes Gymnasium zu wechseln, nahm er nicht wahr. Die Familie, seine Freunde und Bekannten waren der Meinung, er ginge nach wie vor zur Schule und bereite sich auf sein Abitur vor. Im Dezember legte er seinen Eltern ein gefälschtes Halbjahreszeugnis vor.

26. April 2002, ein Freitag. Im Gutenberg-Gymnasium liefen die Abiturprüfungen. Die Schulklingel war abgestellt, es herrschte angespannte Ruhe auf den Gängen. Der Täter betrat gegen 10:45 Uhr das Schulgebäude, wahrscheinlich durch

den Haupteingang. Im Flur des Erdgeschosses traf er auf den Hausmeister, den er fragte, ob die Direktorin in der Schule wäre. Als die Frage bejaht wurde, ging der Täter zur Toilette im Erdgeschoss, maskierte sich und munitionierte seine Waffen auf. Sein Weg führte ihn in das Sekretariat, wo er die stellvertretende Direktorin und die Schulsekretärin erschoss. Um 11:04 Uhr ging in der Einsatzzentrale der Polizeidirektion Erfurt ein Notruf ein; ein Schüler teilte mit, dass im Gutenberg-Gymnasium „ein Lehrer erschossen" wurde. Daraufhin forderte die Einsatzzentrale bei der Rettungsleitstelle einen Notarzt an. Die Rettungsleitstelle war bereits eine Minute zuvor von einem anderen Schüler darüber informiert worden, dass es mehrere Verletzte gebe. Zeitgleich informierte der Hausmeister des Gutenberg-Gymnasiums die Einsatzzentrale der Polizei über mehrere Verletzte. Auch die Direktorin des Gymnasiums hatte bereits einen Notruf abgesetzt.

Um 11:05 Uhr wurde ein Streifenwagen der Polizeiinspektion Erfurt Nord zum Gutenberg-Gymnasium beordert. Die ersten Polizeibeamten trafen um 11:08 Uhr vor Ort ein. Sie beobachteten, dass zahlreiche Schüler das Gelände in großer Panik verließen. Ein Beamter begab sich auf die linke Seite des Gebäudes an der Pestalozzistraße, sein Kollege auf die andere Seite. Der Beamte links vom Gebäude konnte beobachten, dass eine schwarz gekleidete und maskierte männliche Person auf dem Schulhof in die Erde und in die Luft schoss. Nur Sekunden später erreichte der zweite Beamte den Schulhof auf der rechten Seite des Gebäudes. Der Täter, der sich mittlerweile in das Schulgebäude zurückgezogen hatte, eröffnete das Feuer auf diesen Polizeibeamten aus einem Fenster in der ersten Etage. Der Beamte brach getroffen zusammen. Zu diesem Zeitpunkt waren bereits zwei weitere Streifenwagen am Ort des Geschehens eingetroffen.

Zwischen 11:06 und 11:10 Uhr gingen acht neue Notrufe in der Einsatzzentrale der Polizei ein. Den Leiter der Polizeidirektion Erfurt informierte man um 11:08 Uhr über die derzeitige Situation am und im Gutenberg-Gymnasium. Das Lagezentrum des Thüringer Innenministeriums wurde um 11:10 Uhr informiert. Unter anderem wurde abgesprochen, dass die Polizeidirektion Erfurt selbst beim Landeskriminalamt Thüringen ein Sondereinsatzkommando anfordern würde. Nach zwei weiteren Notrufen bei der Rettungsleitstelle wurde ein zweiter Rettungswagen zum Gutenberg-Gymnasium beordert. Zwischen 11:11 und 11:16 Uhr trafen noch drei Streifenwagen ein, die vor allem Schaulustige vom Tatort fernhielten. Bereits um 11:13 Uhr forderte eine Notärztin einen weiteren Rettungswagen an. Zeugen, die aus dem Schulgebäude entkommen waren, berichteten, dass etliche Verletzte im Gebäude liegen würden.
Um 11:12 Uhr ging in der Einsatzzentrale der Polizei ein Funkspruch ein, der bekannt gab, dass der Täter offensichtlich in einem Klassenraum eingesperrt sei. Ein Lehrer war dem Täter auf dem Flur der ersten Etage begegnet, hatte ihn, nun unmaskiert, erkannt und angesprochen. Später gab der Lehrer das kurze Gespräch wieder: „Du kannst mich jetzt erschießen“, sagte er zum Täter und blickte ihm dabei fest in die Augen. Der Mörder antwortete: „Für heute reicht's.“ Seitdem kann ich diesen alltäglichen Spruch nicht mehr hören, ohne an die Opfer und die dramatischen Ereignisse am 26. April 2002 zu denken.
Dem Lehrer gelang es, den Täter zu überraschen und ihn durch die offen stehende Tür in das Zimmer hineinzustoßen. Rasch verschloss er die Tür. Der Lehrer verließ das Gebäude und kehrte in Begleitung dreier Polizeibeamter zu dem verschlossenen Raum zurück. Als die vier ankamen, hörten sie um 11:17 Uhr einen dumpfen Schuss aus dem Zimmer. Der mehrfache Mörder

Nach den Ereignissen im Jahr 2002 wurde das Gebäude des Gutenberg-Gymnasiums aufwendig saniert und umgestaltet. Eine Gedenktafel für die Ermordeten wurde am 26. August 2005 an der Fassade des Schulgebäudes angebracht.

hatte sich selbst erschossen. Die Lehrerinnen und Lehrer Heidrun Baumbach, Monika Burghardt, Dr. Birgit Dettke, Yvonne-Sofia Fulsche Baer, Rosemarie Hajna, Gabriele Klement, Heidemarie Sicker, Peter Wolff, Hans-Joachim Schwertfeger, Helmut Schwarzer, die Referendarin Carla Pott, die Schulsekretärin Anneliese Schwertner, Polizeihauptmeister Andreas Gorski und die Schüler Susann Hartung und Ronny Möckel waren seine Opfer. Er hatte sie kaltblütig, mit Vorsatz und ohne ersichtliche Auswahl ermordet.

Auch außerhalb des Schulgebäudes waren zusätzliche Polizeikräfte im Einsatz, die die umliegenden Straßen weiträumig absperrten. Um 11:30 Uhr waren insgesamt 35 Einsatzfahrzeuge am Gutenberg-Gymnasium eingetroffen. Bis zu diesem Zeitpunkt lief der Fahrzeugverkehr im Bereich des

Gymnasiums fast ohne Einschränkung. Um 11:27 Uhr wurde das heranrückende SEK informiert, dass der Täter eine Langwaffe und eine Kurzwaffe mit sich führe und von einem Einzeltäter ausgegangen werden könne. 11:35 Uhr trafen die ersten sechs Beamten des SEK ein. Bereits eine Minuten zuvor war die Feuerwehr beauftragt worden, sogenannte Schnelleinsatzzelte zum Gutenberg-Gymnasium zu bringen und auf dem benachbarten Sportplatz aufzubauen, in denen die Schüler und Lehrer medizinisch und psychologisch betreut werden sollten.
Der Einsatzleiter beschlagnahmte sämtliche Getränkevorräte des nahegelegenen Einkaufsmarktes und ließ sie auf den Sportplatz bringen. 11:45 Uhr informierte die Rettungsleitstelle die Notfallzentrale, sich auf Personen mit Schussverletzungen einzurichten. Acht Minuten vor zwölf Uhr trafen die Tatortgruppe und die Verhandlungsgruppe des Landeskriminalamtes Thüringen am Tatort ein. Die Tatortgruppe sollte die Spuren- und Beweismittelsicherung vornehmen, während die Verhandlungsgruppe sich auf eine nach wie vor mögliche Geiselnahme einstellte. Von der Tatsache, dass der Täter bereits in einem Raum eingeschlossen war, konnten die Beamten nicht gesichert ausgehen. 12:03 Uhr begann das mittlerweile auf elf Beamte angewachsene SEK das Gebäude systematisch zu durchsuchen und zu sichern. Zwischen 12:15 und 12:20 Uhr meldeten die SEK-Beamten siebzehn zum Teil schwerverletzte Personen. Der Einsatzleiter entschied, dass diese Personen im Gebäude verbleiben und durch Beamte gesichert werden sollten. Die Verletzten sollten zu einem Sammelpunkt gebracht werden, wo sie ärztlich versorgt würden.
12:22 Uhr fanden die SEK-Beamten in der Toilette im Erdgeschoss eine Tasche mit Munition. Halb eins meldete das SEK

das Erdgeschoss als „gesichert“. Im nahe gelegenen Gebäude des Bundesarbeitsgerichtes war bereits ein Zimmer für die Notfallseelsorge in Anspruch genommen worden, die Notfallbegleiterin traf sieben Minuten nach zwölf ein. In der Europa-Schule im Borntalweg wurde ein Sammelpunkt für unverletzte Schüler und Schülerinnen eingerichtet, dies wurde allen Kräften vor Ort mitgeteilt. 12:40 Uhr erläuterte ein Mitarbeiter des Amtes für Brandschutz, Rettungsdienst und Katastrophenschutz der Stadt Erfurt, dass ein Infotelefon eingerichtet sei, und bat darum, die Telefonnummer der Leitstelle und dem Führungsstab bekannt zu geben.

12:50 Uhr erhielt ein aus Altenburg kommendes SEK den Auftrag, das Kellergeschoss der Schule zu durchsuchen und zu sichern. 13:02 Uhr meldeten SEK-Beamte, dass im Raum 111 eine leblose männliche Person aufgefunden worden war, die mit einer Pumpgun und einer Pistole Glock 17 bewaffnet war. 13:30 Uhr teilte der Einsatzleiter den SEK-Beamten mit, dass es keine gesicherten Erkenntnisse über einen zweiten Täter gebe. Eine Minute später meldete das SEK die Sicherheit für das 1. bis 3. Obergeschoss des Schulgebäudes.

Bis 14 Uhr waren 142 Notrufe in der Einsatzzentrale der Polizeidirektion Erfurt eingegangen. Spätestens 14:13 Uhr meldete das SEK, dass auch der Dachboden des Schulgebäudes frei und gesichert wäre. Die Einsatzleitung entschied sich, den in der Europa-Schule eingerichteten Sammelpunkt nicht für die Evakuierung zu nutzen, sondern die näher gelegene Turnhalle des Gutenberg-Gymnasiums. Um 14:48 Uhr begann endlich die Evakuierung der noch im Gebäude befindlichen rund 180 Personen. Die Turnhalle war zuvor durchsucht worden. Es vergingen also mehrere Stunden, ehe die letzten Schüler und Lehrer die Schule verlassen konnten. Bereits am Nachmittag kamen

viele Angehörige zum Gutenberg-Gymnasium, um nach ihren Kindern und Angehörigen zu fragen.
Die Stadt stand unter Schock. In der gesamten Bundesrepublik und im Ausland war man über diese unfassbare Tat des 19-Jährigen entsetzt. Am Abend kamen viele Erfurter zur Schule, zündeten Kerzen an und legten Blumen nieder, um ihre Trauer und Anteilnahme auszudrücken. Die Stadt sagte alle Veranstaltungen für die nächsten Tage ab. Um 20 Uhr am 26. April fand in der nahegelegenen Andreaskirche ein Trauergottesdienst statt. Um 21 Uhr läuteten alle Kirchenglocken der Stadt. Im Rathaus wurden Kondolenzbücher ausgelegt, die Flaggen auf Halbmast gesetzt.
In ihrem Abschlussbericht riet die Untersuchungskommission eindringlich, Polizei und Rettungskräfte mit modernen und vor allem einheitlichen Kommunikationsmitteln auszustatten. Es hatte sich gezeigt, dass die unterschiedlichen Kommunikationswege (Mobiltelefone, Funkgeräte) die Lageeinschätzung und Handlungsabstimmung deutlich erschwerten. Selbst im Bundestag wurde über das Gutenberg-Attentat debattiert. Das deutsche Waffengesetz bedürfe einer „Neuorientierung“, so hieß es. Passiert ist in der Folgezeit aber wenig. Nach tagelangem Entsetzen und einem berührenden und bewegenden Gedenkgottesdienst auf dem Domplatz am 3. Mai, eine Woche nach dem Attentat, fand die Trauerfeier für die sechzehn Ermordeten statt. Etwa 100.000 Erfurter und Gäste nahmen teil.

Erfurts Unterwelt

Die Überschrift suggeriert, dass es um zwielichtige Gestalten geht. Geht es aber nicht. Natürlich gab und gibt es in Erfurt Verbrechen aller Schattierungen, von Mord, Erpressung, Banküberfällen bis zu den üblichen Ungereimtheiten im Rotlichtmilieu. Was uns aber in dieser Geschichte interessiert, sind die Versorgungs- und Entsorgungsleitungen in Erfurt. Kaum jemand macht sich Gedanken darüber, wohin das fließt, was wir täglich an Abwässern „produzieren" oder woher das kommt, was wir an Trinkwasser brauchen. In der über 1000-jährigen Geschichte der Erfurter Wasserversorgung wurde das Netz der Ver- und Entsorgungsleitungen stets ausgebaut. Wasserleitungen und Abwasserleitungen gab es seit dem Ende des 19. Jahrhunderts. Bis dahin versorgten sich die Erfurter aus rund 645 privaten Brunnen und bis zu 55 öffentlichen Brunnen. Mitunter war die Wasserqualität nicht gut, was häufig mit der Nähe der Brunnen zu Abort- und Dunggruben erklärt werden kann. Es heißt sogar, dass das Erfurter Bier meist von dunkler Farbe gewesen sei, weil das Wasser der Gera zum Brauen genutzt wurde. Das möchte ich mir lieber nicht auf dem Gaumen vorstellen.

Wie auch immer, das Frischwasser kam aus Brunnen und das Abwasser landete einfach auf den Straßen, Wegen und Plätzen. Entsorgung leicht gemacht: mit kühnem Schwung den Inhalt des Eimers einfach aus dem Fenster schütten! Manchmal traf man einen Vorbeigehenden, was diesen sicherlich hoch erfreut hat. Zahlreiche Seuchen wie Typhus und Cholera gab es in Erfurt, an denen etliche Menschen starben. Als im Jahr 1866 in Erfurt die letzte Cholera-Epidemie wütete, fielen ihr über 1000 Menschen zum Opfer. Die Stadt hatte seinerzeit rund 40.000 Einwohner.

Es war ein beschwerlicher Weg hin zu einer hygienisch akzeptablen Ver- und Entsorgung mit Wasser, wie wir sie heute kennen. Schlusspunkt dieser Entwicklung ist tatsächlich unser „alter Angerbrunnen", der an die Inbetriebnahme der ersten kommunalen Wasserversorgung in Erfurt erinnert. Jetzt kommt die Erfurter Unterwelt! Vor einigen Jahren hatte ich bei Recherchen zu einem wassertechnischen „Problem" Kontakt zu einem Mitarbeiter der Erfurter Stadtwerke. Er gab mir bereitwillig Auskunft über alles, was ich wissen wollte. Am Ende des Tages erinnerte ich mich an eine Begebenheit aus meiner eigenen Kindheit.

Im zarten Alter von 10 Jahren wagte ich mit meinem Freund Linus einen Ausflug durch die Kanalisation. Unser Einstiegspunkt war der Beginn der damaligen Verrohrung des Eselsgrabens, der von Schmira her parallel zum Brühler Hohlweg Richtung Gothaer Platz floss. Einer unserer Lieblingsspielplätze!

Unterhalb der Cyriakstraße fließt der Eselsgraben aus der Kanalisation und mündet in den Bergstrom. Heute ist das Betonrohr vergittert.

Damals, 1971, lag der Beginn der Verrohrung des Eselsgrabens in der Nähe des Gothaer Platzes. Der Endpunkt war uns bisher nicht bekannt. Linus behauptete, die rechte Röhre würde uns nach wenigen Metern zum Bergstrom führen. Die linke aber würde uns unweigerlich ins Verderben führen, denn diese hätte kein Ende. Uuhh. Für einen zehnjährigen Atheisten, der kein Paradies zu erwarten hat, keine schöne Vorstellung. Dennoch, wir waren ja mutige Jungs und hatten Taschenlampen, Gummistiefel und eine Pudelmütze, falls uns etwas auf den Kopf fallen würde. Tief durchatmen und hinein in die dunkle Röhre!
Die angekündigten wenigen Meter ziehen sich nach meiner Erinnerung auf mehrere Kilometer. Vorbei an unzähligen Salpeterausblühungen an der Röhrendecke führte uns der Weg in ungeahnte Gefilde. Nach gefühlt unendlicher Zeit gebückten Gehens im Schein der Taschenlampen, am Boden der Röhre das brausende Wasser des Eselsgrabens, rundherum nur knapp achtzig Zentimeter Platz, sahen wir Licht am Ende der Betonröhre! Linus hatte recht: Die rechte Röhre führte zum Bergstrom. Bloß gut, dass wir DIE gewählt hatten! Wer weiß, ob wir jemals wieder ans Tageslicht gekommen wären, wenn wir die linke Röhre genommen hätten. Heute weiß ich, dass wir rund dreihundert Meter zurücklegten, um an die Einmündung des Eselsgrabens in den Bergstrom zu gelangen. Wenig später hatten wir die Absicht, auch die linke Röhre zu begehen, haben es aber nie ausprobiert. Heute endet der Ausfluss des Eselsgrabens unterhalb des wiederhergestellten jüdischen Friedhofes in der Cyriakstraße
Dieses Abenteuer wirkte lange nach. Noch heute wage ich es nicht, mich ohne meinen Freund Linus in die Kanalisation zu begeben, und ich werde es auch nicht mehr tun können, denn Linus verstarb am 14. Juni 2017.

Wiedergefunden – die Mikwe

Würde man die Akten im Stadtarchiv Erfurt übereinanderstapeln, würden sie mehr als 5,2 Kilometer in die Höhe reichen. Der Zeitraum, den diese Archivalien abdecken und dokumentieren, ist ebenfalls bemerkenswert: Die ältesten Schriftstücke stammen aus dem Jahr 1144. Zu den Archivalien gehören die Verrechtsbücher, die Unterlagen für die Zahlung von Steuern und Abgaben an die Stadt bzw. an andere Empfänger. In diesen Akten war schon im 12. Jahrhundert die Rede von einem „kalten Bad der Juden“, das sich nördlich der Krämerbrücke befand. Mit genauen Ortsangaben hatte man es damals nicht so. Es gab keine Hausnummern oder Straßennamen, dafür hatten alle Häuser Eigennamen wie zum Beispiel „Haus zum bunten Löwen“ oder „zur goldenen Kanne“. Da solche Bezeichnungen mehrfach in Erfurt verwendet wurden, ergänzten die Ministerialen die Hausbezeichnung um das Kirchspiel oder die nächstgelegene Pfarrei. So kann man in den Verrechtsbüchern lesen: „Haus zum bunten Löwen, bei Allerheiligen ...“

2006 stürzten Teile einer Stützmauer an der Gera nördlich der Krämerbrücke ein. Die Stadt entschloss sich daraufhin zu einer grundlegenden Sanierung der Grünfläche, einschließlich der Umgestaltung des Uferbereiches am Westufer des Breitstromes. Da die Altstadt Erfurts ein Flächendenkmal ist, begleitete das Landesamt für Archäologie und Denkmalpflege die Bauarbeiten fachlich. Zunächst fanden die Archäologen leider nur zwei Keller aus dem 19. Jahrhundert. Am letzten Tag vor dem offiziellen Baubeginn stießen die Archäologen aber auf einen dritten Keller, der sich von den beiden anderen deutlich unterschied. Der verwendete Kalkstein war wesentlich feiner bearbeitet und älter. Immer tiefer gruben sich die Grabungshelfer,

Die Mikwe in der Kreuzgasse gehörte zur Alten Synagoge in der Waagegasse. Ein Schacht auf der Plattform ermöglicht Einblicke in das Innere des „kalten Bades der Juden“.

schließlich stießen sie auf den Fußboden. Sie fanden Kragsteine, die unter anderem für Deckengewölbe erforderlich sind. Doch was sollten diese Kragsteine auf Fußbodenniveau? Also grub man noch tiefer.

Das Mauerwerk bestand nun aus fein gehauenen Sandsteinquadern und bald wurde es von unten nass. Der Grundwasserspiegel war erreicht. Dies ließ nur einen Schluss zu: Dieser Kellerraum war die mittelalterliche Mikwe. Die Mikwe ist unabdingbar für die jüdische Gemeinde und dient der rituellen Reinigung vor dem Betreten der Synagoge und zur Reinigung von Geschirr, denn im jüdischen Alltag gab und gibt es für „Fleischiges" und „Milchiges" jeweils anderes Geschirr. Frauen hatten sich nach der Menstruation oder nach Geburten in der Mikwe rituell zu reinigen. Dass die Mikwe „das kalte Bad der Juden" genannt wurde, hängt mit der Tatsache zusammen, dass sie mit lebendigem Wasser, also Quell- oder Grundwasser gespeist wurde. Es war wohl kein Vergnügen, unbekleidet und vollständig in dem kalten Wasser unterzutauchen. Die Mikwe nördlich der Krämerbrücke, die zur Alten Synagoge in der Waagegasse gehörte, wurde seit 1248 in Urkunden erwähnt.

Ende März 1349 brach in Erfurt ein Pogrom aus, nachdem die Erfurter ihren jüdischen Mitbürgern vorgeworfen hatten, die Pest verschuldet zu haben, weil sie die Brunnen vergiftet hätten. Am Ende des Tages waren alle Bürger jüdischen Glaubens erschlagen worden, fast 900 Menschen. Ihre Häuser waren entweder angezündet oder zerstört worden. Ein reicher jüdischer Kaufmann vergrub seine Schätze eilig unter der Kellertreppe seines Hauses in der Michaelisstraße. Was nicht gebrandschatzt oder zerstört worden war, rissen sich die Christen unter den Nagel. Es gab keine jüdische Gemeinde mehr und die Mikwe verlor ihre Funktion. Beim großen Stadtbrand von 1472 wurde das Gebäu-

de über dem Ritualbad vermutlich zerstört und der Kellerraum später teilweise mit Brandschutt aufgefüllt.
So wurde aus der Synagoge in der Waagegasse nur zwei Jahre nach dem Pogrom ein Lagerhaus für einen Erfurter Händler. Er beließ den Bau, wie er war. Unterhalb des Baus grub er einen tiefen Keller, um die Lagerkapazität zu erhöhen. Spätestens im 19. Jahrhundert erwarb ein Gastwirt das Gebäude und richtete in der einstigen Synagoge einen Tanzsaal ein.
Im Februar 1945 wurde der Bereich im Norden der Krämerbrücke und der Kreuzgasse durch Bomben vollständig zerstört. Seitdem ist also nördlich der Krämerbrücke eine Fläche, die einen freien Blick von der Kreuzgasse zur am jenseitigen Ufer des Breitstroms gelegenen Gotthardtstraße erlaubt. Bis Ende des 20. Jahrhunderts blieb der Bau der Synagoge äußerlich unverändert, erhielt aber zahlreiche Anbauten, sodass das mittelalterliche Gebäude nicht mehr zu erkennen war.
Als Ende der 1980er-Jahre das Areal beräumt wurde, tauchte der mittelalterliche Synagogenbau wieder auf. Ende der 1990er-Jahre entdeckten Bauarbeiter im Zuge von Arbeiten in der Michaelisstraße den fast 650 Jahre zuvor versteckten Schatz des jüdischen Kaufmanns. Heute ist der „Erfurter Schatz", bestehend aus fast sechs Kilogramm Goldwaren und 24 Kilogramm Silberwaren und Silberbarren, im Kellergeschoss der Alten Synagoge ausgestellt. Herausragendes Einzelstück ist ein Hochzeitsring, von dem es weltweit nur noch zwei weitere vergleichbare Stücke gibt. Nachdem der „Erfurter Schatz" in Paris, London und New York ausgestellt wurde, ist er seit 2009 dauerhaft im Museum Alte Synagoge zu sehen.
Die Mikwe selbst bildet nun wieder eine Einheit mit der Alten Synagoge in der Waagegasse. Beide können im Rahmen von Führungen besichtigt werden. Einen Einblick in die Mikwe gestattet der Sichtschacht auf dem Plateau an der Kreuzgasse.

Ein dunkler Klang – die Gloriosa

Hoch oben über dem Domplatz, vom mittleren Turm des Hohen Domes St. Marien aus, ruft uns seit über 520 Jahren eine große Glocke, die Gloriosa. Ihr dunkler, warmer Klang ist unverwechselbar. Wer sie einmal gehört, erkennt sie jederzeit wieder. Sie ruft uns an hohen kirchlichen Feiertagen zur inneren Einkehr und zum Gottesdienst. Sie gehört zu Erfurt.

Die Gloriosa ist die sechste große Glocke im Dom, die diesen Namen trägt. Eine erste wurde von Bischof Dietrich von Naumburg 1251 geweiht. Den Überlieferungen nach soll diese Glocke die heutige Gloriosa an Gewicht und Größe übertroffen haben. Gesichert ist dies allerdings nicht. Auch der Name des Glockengießers ist nicht bekannt. Im Jahr 1307 goss man eine zweite große Glocke, ebenfalls mit dem Namen „Gloriosa“, nachdem die erste Gloriosa offensichtlich beschädigt worden war. Auch diese große Glocke wurde wenige Jahre später unbrauchbar. 1363 fertigten Glockengießer die dritte Gloriosa, die ebenfalls zerstört wurde. Am Vorabend des Martinsfestes 1416 ließen die Läutemänner nach getaner Arbeit und einem wahrscheinlich ausgiebigen Saufgelage ein brennendes Wachslicht in der Glockenstube zurück, das bald die teer- und fettgetränkten hölzernen Bauteile in Flammen setzte. Die drei Türme des Domes brannten aus und alle 16 Glocken des Domgeläutes wurden durch das Feuer zerstört. Während die Türme des Domes neu aufgebaut wurden, goss man 1423 eine neue große Glocke und baute sie in den mittleren Turm ein.

Die vierte Gloriosa wurde im Jahre 1472 beim größten Stadtbrand der Erfurter Geschichte zerstört. Feinde der Stadt boten einem Mönch, der aus seinem Kloster entwichen war, eine erkleckliche Summe Geld und er legte am 19. Juni um die Mittagszeit herum mit mehreren Kumpanen an verschiedenen Stellen der Stadt gleichzeitig Feuer. Fast die Hälfte der Stadt wurde zerstört. Bürger und Geistlichkeit gingen bald danach ans Werk, ihre Häuser neu aufzubauen. Auch die Marienkirche wurde wieder hergerichtet und, nun bereits zum fünften Male, eine neue Glocke gegossen. Warnungen des Augustinermönchs Johann von Dorsten, die Glocke nicht auf dem Platz zwischen Dom und Severikirche zu gießen, das störe die Ruhe der dort bestatteten Heiligen und werde nicht ohne Folgen bleiben, verhallten unbeachtet.

Meister Klaus von Mühlhausen begann am 7. August 1477 zwar mit dem Guss der großen Glocke, erlebte jedoch die Vollendung seines Werkes nicht mehr. Laut einiger Quellen soll Meister Klaus kränklich gewesen sein, andere Quellen berichten, dass er durch Misshandlungen der Erfurter Glockengießer zu Tode kam. Letzteres ist nachvollziehbar, denn Meister Klaus hatte sich fremder Gehilfen bedient und die Erfurter Glockengießer waren ihm deshalb übel gesonnen. Ein Auftrag dieser Größenordnung wäre für die Erfurter Handwerker ein willkommenes Geschäft gewesen. Andererseits ist Krankheit ebenfalls glaubwürdig. Die Gloriosa, die Meister Klaus' Gehilfen fertigstellten, hielt wiederum nicht lange. Schon nach zwei Jahren zersprang sie. Bald kam der Aberglaube auf, Satan selbst habe seine rußigen Hände im Spiel und sorge dafür, dass die großen Glocken des Domes nie lange läuten würden. Bereits beim Guss der ersten Gloriosa soll ein Wahrsager prophezeit haben, die Glocke würde keine 60 Jahre halten. Der Teufel hätte etwas dagegen, dass die Erfurter sich eine Glocke gießen, die weithin, bis in die umliegenden Dörfer, zu hören sei.

Diesem Aberglauben sah sich auch der Holländer Gerhard Wou ausgesetzt, als er 1495 mit den Stiftsherren über den Guss ei-

ner neuen großen Glocke verhandelte. Aber wann wurde diese „Prophezeiung" in Umlauf gebracht? Bevor die erste Gloriosa gegossen wurde oder als sich Gerhard Wou an sein Werk machte? Obwohl es in Erfurt genug Glockengießer gab, entschieden sich die Stiftsherren für den ortsfremden Meister und übergingen die einheimischen Glockengießer. Dabei spielte natürlich der Ruf des Holländers Gerhard Wou eine entscheidende Rolle. Er hatte in der Vergangenheit einige sehr gelungene Glocken gegossen und galt als der fähigste Meister seines Faches. Nur ganz wenige Glockengießer beherrschten ihr Handwerk so vollkommen, dass sie zu einem bestehenden Geläut, also zu mehreren bereits vorhandenen Glocken, eine neue hinzufügen konnten, deren Klang mit dem der anderen Glocken harmonierte. Üblicherweise wurden damals alle Glocken eines Geläutes eingeschmolzen und dann in einem Zuge die Glocken neu gegossen.
Der um 1440 in Hintham bei Herzogenbusch geborene Gerhardus Wou kam schon als Kind mit Glocken in Berührungen, denn sein Vater Johannes war Glockengießer. Im Bürgerbuch von Herzogenbusch wird Gerhard 1474 als „Magister Gerardus de Woude" genannt, offensichtlich also ein Glockengießer-Meister. In Kampen lässt sich sein Wohnsitz ab 1482 nachweisen. Aber er wird wohl selten daheim gewesen sein, denn in weiten Teilen des deutschsprachigen Raumes lassen sich Spuren seines umfangreichen Schaffens finden. Heute sind 113 von ihm gegossene Glocken bekannt. In Utrecht, Haarlem und in seiner Heimatstadt Kampen (Niederlande), in Stendal, Braunschweig, Recklinghausen sind sie erhalten erhalten. Und, darauf können die Erfurter mit Recht stolz sein, seine größte Glocke, die Gloriosa, in der Hohen Domkirche Sankt Marien.
Am 7. Juli 1497, mittags um ein Uhr, entfachten die Glockengießer das Feuer in den Schmelzöfen und das lange und sorgsam

Die Glockenstube der Gloriosa ist leer, das gab es seit über 500 Jahren nicht mehr. Ein seltsamer Anblick.

vorbereitete Unternehmen, dem Domkapitel eine neue Gloriosa zu gießen, ging seiner Verwirklichung entgegen. Am 8. Juli morgens gegen zwei Uhr war das Metall so weit erhitzt, dass der Guss beginnen konnte. Die Form stand bereit, 11.450 kg geschmolzenes Metall flossen hinein und erstarrten bald. Als der Meister und seine Gehilfen Tage später die Form von der erkalteten Bronze entfernten, hatten sie eine der schönsten Glocken der Welt geschaffen. Der zum Geläut des Domes passende

Nennton e° (auch Schlagton genannt) wurde so genau getroffen, wie es Gerhard Wou vorausberechnet hatte. Und dieser Klang ist auch heute noch einfach wunderbar! Man spürt die Schwingungen fast körperlich, je nachdem, wie nah man der Glocke ist. Doch schon auf dem Domplatz meint man, ein feines Kribbeln im Bauch zu spüren. Ich hatte das seltene Glück, während eines Läutens in der Glockenstube sein zu dürfen. Das war ein Erlebnis! Nachdem die Läutemaschine in Gang gesetzt wurde, hört man nur das leise Rauschen, wenn der Glockenkörper schwingt. Der eicherne Glockenstuhl selbst knarzt und stöhnt unter der Last. Dann schlägt der Klöppel an, der erste Glockenklang füllt den ganzen Raum und drängt aus den Schallfenstern hinaus zu den Menschen, die der Gloriosa zuhören. Immer höher schwingt die Glocke, bis sie einen Winkel von 38° erreicht. Die Läutemaschine wird abgestellt, die Gloriosa schwingt fast fünf Minuten nach und läutet weiter. Schließlich schlägt der Klöppel ein letztes Mal an. Ab jetzt hört man den Klang der Glocke noch weitere sechs Minuten. Das ist für den Glockenwart des Domberges die schönste Zeit. Alle technischen Geräusche sind verstummt und einzig die Gloriosa mit ihrem tiefen, dunklen Schlagton und den weiteren fast 50 Teiltönen ist zu hören.

Geschmückt mit einem Blumenstrauß wartet die Gloriosa auf die Verladung zum Transport.

Zweimal musste die Gloriosa bisher repariert werden, es hatten sich Risse in der Bronze gebildet. 1985 reparierte man die Risse in der Glockenstube. 2004 aber baute man die Gloriosa in einer sehr aufwendigen Aktion aus, um einen neu entstandenen Riss fachgerecht in der Werkstatt beseitigen zu können. Seit dieser erfolgreichen Reparatur ist unsere Gloriosa wieder regelmäßig an den Festtagen zu hören: An Neujahr, zur Ölweihmesse Anfang April, am Ostersonntag und am Pfingstsonntag, Maria Himmelfahrt, zur Bistumswallfahrt im September, am Vorabend des Martinstages und am 1. Weihnachtsfeiertag klingt die Gloriosa über den Domplatz und die Stadt.

Aus dunklen Schubladen – der Domberg

Im Stadtarchiv Erfurt gibt es eine Abteilung, die Pläne und Karten archiviert und der Nachwelt zugänglich macht. Einsicht in die dunklen Schubladen, in denen diese Pläne verwahrt werden, ist möglich und bietet interessante Einblicke, wie die Pläne für den Domberg zeigen.
Ob zu Bonifatius' Zeiten bereits ein Platz vor dem Unterberg, dem heutigen Domberg, existierte, wissen wir nicht. Doch wer lässt eine Bischofskirche an einem unbedeutenden Flecken in der Stadt errichten? Heute ist der Domplatz einer der größten freien innerstädtischen Plätze Deutschlands. Schreckliches ereignete sich im November 1813. Es war die Zeit, da Napoleon in Erfurt das Sagen hatte und französische Truppen in der Festung Petersberg einquartiert lagen. Als nach der Völkerschlacht bei Leipzig die geschlagene Armee Kaiser Napoleons auf ihrem Rückzug in der Festung Petersberg Station machte, be-

schossen preußische Artillerieeinheiten unter dem Kommando Friedrich von Kleists den Petersberg. Am 6. November 1813 um sechs Uhr begann das Bombardement, so berichtete der Chronist Constantin Beyer, und „es währte bis zehn Uhr abends". Graden, Fingerlingsgasse, Unter den Heringern, Rübenmarkt, Fallloch, Fleischbank, Breite Stufen, Severihof, Hinterm Berge, Hinterm Dohm, Halbmondsgasse ... Das sind die Namen der Gassen, in denen insgesamt 174 Häuser zerstört wurden.

Welches Schicksal die Menschen erlitten, die ihre Häuser verloren, ist nicht überliefert. Doch sind ihre Namen bekannt: Die mehrbändige Häuserchronik von Otto Rollert, die im Stadtarchiv aufbewahrt wird, nennt Besitzer und Bewohner der Erfurter Häuser vom Ende des 16. Jahrhunderts bis Mitte des 19. Jahrhunderts. Zwei Hinweise auf dieses Bombardement kann der aufmerksame Spaziergänger noch heute entdecken: In die Fassade des Hauses Andreasstraße 33 ist eine Kanonenkugel mit den Daten der Beschießung einge-

Ein Modell zeigt die geplante Umgestaltung von Domplatz und Petersberg.

lassen. Das dunkle Basaltpflaster, mit dem der Domplatz zum Teil gepflastert ist, deutet die Ausmaße des Platzes an, die er bis zur Zerstörung der Bebauung hatte. Das helle Betonpflaster markiert den Bereich, auf dem die Häuser standen.
Seit jenen Novembertagen 1813 plante man, den Domplatz in seinen historischen Maßen wiederentstehen zu lassen. Zunächst wurde das von Ruinen und Trümmern geprägte Gelände in eine Parkanlage verwandelt. Nicht die schlechteste Idee. Das „Luisental", benannt nach der preußischen Königin Luise, erfreute sich großer Beliebtheit. Bereits in den 1870er-Jahren begann man mit dem Bau des Gerichtsgebäudes am nördlichen Rand des Domplatzes. Dazu musste die Parkanlage natürlich beseitigt werden, die den Erfurtern nicht einmal 40 Jahre als innerstädtische Flaniermeile gedient hatte. Die weitestgehenden Eingriffe in das bestehende Gefüge planten die Nationalsozialisten in den 1930er-Jahren. Thüringens Gauleiter Fritz Sauckel ließ vom Erfurter Architekten Theo Kellner Pläne erarbeiten, um im Bereich Petersberg und Domplatz ein Gauforum zu errichten. Natürlich mit einem Aufmarschplatz für Huldigungen des Führers. Die Jugend sollte jubeln, Fackelzüge veranstalten und anschließend in den Krieg ziehen.
Aber auch die SED-Regierung hatte in den 60er-Jahren monströse Pläne. Sie wollte nicht nur den Platz umgestalten, sondern sogar die Dominanz von Dom und Severikirche brechen. So hatten die Stadtarchitekten vor, eine Freitreppe zum Petersberg am Domplatz beginnen zu lassen, die die gesamte Breite vom heutigen Gerichtsgebäude bis zur Einmündung der Petersstraße zur Lauentorstraße einnehmen sollte. Und auf dem Petersberg selbst sollte ein 21-geschossiges Hotelhochhaus eine neue „Stadtkrone" bilden. Welch Segen, dass manche Pläne nur Pläne bleiben und im Dunkel einer Schublade verschwinden.

Die Hafenstadt Erfurt

Im Archiv überliefert und fast in Vergessenheit geraten ist das Projekt, einen Hafen in Erfurt zu bauen. Wie viele Erfurter können sich erinnern, dass Erfurt beinahe eine Hafenstadt geworden wäre? Dieses unter heutigen ökologischen und wirtschaftlichen Gesichtspunkten interessante Projekt wurde in den 1920er-Jahren gestartet. Der legendäre Thüringenkanal als Wasserstraße kam in dieser Zeit das erste Mal zur Sprache. Anfang 1920 unterbreitete die Handelskammer Erfurt in einem Schreiben an die Stadtverwaltung den Vorschlag, eine Vereinigung zu gründen, mit dem Zwecke, einen Wasserweg durch Thüringen anzulegen. Dieser als „Gera-Unstrut-Kanal" bezeichnete Wasserweg sollte an beiden Endpunkten Anschluss an Wasserstraßen in Nord-Süd-Richtung erhalten. Natürliche Wasserstraßen wie die Elbe und die Weser begrenzen den mitteldeutschen Raum im Westen und Osten, im Norden schafft der Mittellandkanal eine West-Ost-Verbindung, die im Süden Mitteldeutschlands fehlte. Die großen Industriebetriebe, Kaliwerke und Braunkohlegruben hätten nach Fertigstellung des Gera-Unstrut-Kanals eine direkte Verbindung zur Nordsee mit dem Massentransportmittel Binnenschiff.

1924 beendete das Vorarbeiten-Amt Eisenach die mehrjährigen Forschungsarbeiten und Studien mit dem Ergebnis, dass „von der Weser ausgehend, sich die Werra zur Führung eines Kanals über den Thüringer Wald zwecks Schaffung einer großen Nord-Süd-Wasserstraße ‚Nordsee-Schwarzes Meer' ausbauen lässt". Der seinerzeit maßgeblich am Kanalprojekt beteiligte Oberbaudirektor Dr.-Ing. Rehder sah den Kanal nach Erfurt als einen Zweigkanal, der mithilfe von drei Schleusen auf 172 m über NN ansteigt. Die erste Schleuse sollte bei Ringleben-Ge-

Diese Bildmontage zeigt die ungefähre Lage der geplanten Hafenanlage.

besee die Niveauunterschiede ausgleichen. Von Ringleben-Gebesee überquert der Kanal das große Ried. Dort sollte die zweite Schleuse direkt an der Wegkreuzung Walschleben-Riethnordhausen angelegt werden. Die dritte Schleuse schließlich an der Wegkreuzung Kühnhausen-Mittelhausen. Das Kanalende sollte 1,3 km lang werden und westlich der Straße Erfurt-Mittelhausen verlaufen. Dort sollte auch das Hafenbecken errichtet werden. Ein zweites, kleineres Hafenbecken sollte „noch näher an Erfurt liegen".

Das Hafengebiet läge in einem Dreieck zwischen Kühnhausen, Gispersleben und Mittelhausen. Für die einmalige Füllung des Kanals, der an der Wasseroberfläche 42 Meter breit und drei Meter tief sein sollte, wären 18 Mill. m³ Wasser notwendig gewesen. Der Jahreswasserbedarf für Verdunstung und Versickerung wurde von den Ingenieuren auf 68 Mill. m³ beziffert.

Dieser Wasserbedarf sollte aus den Flussläufen und aus vorhandenen Talsperren gedeckt werden.
Selbst nach dem Ende des Zweiten Weltkriegs wurde das Kanalprojekt weiterverfolgt. Die Gründung einer Arbeitsgemeinschaft „Gera-Unstrut" erfolgte am 7. Juni 1948 in einem kleinen Saal im Hotel Kossenhaschen, dem jetzigen Geschäftshaus am Willy-Brandt-Platz. Neben Abgesandten der beteiligten Stadtverwaltungen und Ämter waren Herren aus der Industrie in dieser Arbeitsgemeinschaft vertreten. In den vorangegangenen Wochen hatte Baurat Köber ein Schriftstück erarbeitet, das den Stand des Kanalprojektes zusammenfasste und als Diskussionsgrundlage für diese Tagung diente. Im Wesentlichen gab er die überlieferten Vorstellungen des Oberbaudirektors Rehder wieder. Jedoch wurden auch einige Eckdaten konkretisiert. So ging man nun von einem Wasserbedarf von 20 Mill. m³ für die Erstfüllung aus und der Jahreswasserbedarf für Verdunstung und Versickerung wurde auf 65 Mill. m³ geschätzt. Schleusen und Hebewerke würden 140 Mill. m³ Wasser brauchen. Insgesamt würden pro Jahr 200 Mill. m³ Wasser für den Thüringenkanal benötigt.
Etwa ein Jahr darauf wurden in einer Sitzung der Arbeitsgemeinschaft „Gera – Unstrut" nach einer Konkretisierung des Projektes folgende Beschlüsse gefasst: Die Ministerien des Landes Thüringen und des Landes Sachsen-Anhalt werden gebeten, das Projekt des Thüringenkanals in den Arbeitsplan der zuständigen Wasserwirtschaftsämter zu übernehmen und bereits für 1950 im Haushaltsplan je 30.000 DM vorzusehen. Es wurde gebeten, den Bau einer Kerntalsperre im Thüringer Wald in den 5-Jahres-Plan aufzunehmen, 60.000 DM in den Haushalt 1950 für Vorarbeiten zum Bau der Talsperre einzustellen, und dass für das Überstauungsgebiet und das Zuflussgebiet der

Kerntalsperre die öffentliche Planfeststellung und Auslegung erfolgt Das Gebiet für die Talsperre sollte sichergestellt werden. Wenig später sind aber alle Arbeiten an diesem Projekt abgebrochen worden. Sehr wahrscheinlich waren finanzielle Gründe ausschlaggebend für das Ende des Projekts.

Aus der Spur – Eisenbahnunfälle

Der 11. Juni 1981 war ein heißer Sommertag. Am Vormittag fuhr in Düsseldorf der D 1453 der Deutschen Reichsbahn ab. Der Interzonenzug wurde im Volksmund oft „Zitteraal" genannt, weil alle politisch Verantwortlichen Angst hatten, es könnte sich ein Fahrgast aus diesen Zügen unerlaubt aus der DDR verabschieden. Zudem hatten Vorkommnisse in und mit Interzonenzügen immer auch diplomatische Konsequenzen.
Der D 1453 beförderte am 11. Juni 1981 vor allem Rentner aus der DDR, die zu Besuch im Westen waren und nun ihre Heimreise antraten. Das Ziel dieses Zuges war Karl-Marx-Stadt, früher und heute Chemnitz. Der Zug war gut ausgelastet. Die Menschen hatten vielleicht eine schöne Zeit bei ihrer Westverwandtschaft verbracht, hatten die Grenzkontrollen in Bebra und Gerstungen über sich ergehen lassen und vermutlich erfolgreich ein paar „verbotene" Dinge vor den Blicken der DDR-Grenzer verbergen können. Während im Zug die Reisenden kontrolliert wurden, wechselte man in Gerstungen die Lokomotive. Die Diesellok der Deutschen Bahn wurde durch eine russische Diesellok der Baureihe 132 ersetzt. Einigermaßen pünktlich verließ der D 1453 Gerstungen zur Weiterfahrt nach Karl-Marx-Stadt.
Das Schienennetz der Deutschen Reichsbahn war auf langer

Strecke eher marode, die Gleisbauer kamen mit den Reparaturen einfach nicht hinterher. Oft durften die Züge die Streckenabschnitte nur mit vermindertem Tempo befahren. Doch es gab auch Bereiche, in denen die damals zulässige Höchstgeschwindigkeit von 120 Kilometern pro Stunde gefahren werden durfte. So ein Streckenabschnitt lag zwischen Neudietendorf und Erfurt, hier gab es ausnahmsweise mal keinen „La" = Langsamfahrabschnitt. Alle „La" waren in einem Verzeichnis gesammelt, das der Lokführer stets im Führerstand hatte und für die entsprechende Strecke beachten musste. Im Frühjahr und Frühsommer 1981 war es schon sehr warm, viel Sonnenschein, wenig Regen. Für den 11. Juni waren bis zu dreißig Grad Celsius vorhergesagt worden. Eisenbahnschienen dehnen sich bei hohen Temperaturen aus, sie werden länger. Um diese Längenausdehnung zu kompensieren, war es seinerzeit üblich, zwischen den Schienensträngen in bestimmten Abständen Lücken zu lassen. Diese „Schienenstöße" hörte man während der Reise als ein typisches Eisenbahngeräusch: da-damm-da-damm-da-damm, da-damm-da-damm-da-damm. Wenn jedoch diese Lücken zwischen den Schienensträngen die Längenausdehnung nicht mehr ausgleichen konnten, verschoben sich die Schienen zuweilen zur Seite, besonders wenn die Gleise nicht sicher im Schotterbett verlegt waren.Der Oberbau, der Untergrund, auf dem das Schotterbett aufgeschüttet wird, in dem dann die mit Schwellen verbundenen Schienen verlegt werden, ist für die Sicherheit des Zugverkehrs neben vielen anderen Faktoren ausschlaggebend.

Der schlechte Zustand des Oberbaus im Bereich des Bahnhofes Erfurt-Bischleben war im Juni 1981 vermutlich Ursache eines der schwersten Bahnunglücke in Erfurt. Mit der zulässigen Höchstgeschwindigkeit von 120 Kilometern pro Stunde rauschte

der D 1453 kurz vor fünf Uhr nachmittags auf den Bahnhof Erfurt-Bischleben zu. Die Luft flimmerte, die Gleise schimmerten silbern in der Sonne. Dem Lokführer fiel auf Höhe des Empfangsgebäudes am Bahnhof Bischleben eine kleine „Delle“ in den ansonsten schnurgeraden Schienen auf. Was war das? Sofort betätigte er die Bremsventile und leitete eine Gefahrenbremsung ein. Doch wenn ein Reisezug mit zehn Waggons von 120 km/h auf null abgebremst werden muss, vergeht eine gewisse Zeit, und der Weg, den ein solcher Zug zurücklegt, ist nicht unerheblich.
Die Lokomotive und die ersten drei Waggons hatten die Gleisverwerfung mit einem ordentlichen Ruck und einem gewaltigen Schlenker überrollt. Die Kupplung zwischen den Wagen 3 und 4 zerbrach durch die Wucht. Ein ohrenbetäubender Lärm, ein Krachen, dann herrschte gespenstische Ruhe an diesem Donnerstagnachmittag. Die Wagen 4 und 5 entgleisten und stürzten und eine Böschung hinunter. Wagen 6 blieb entgleist im Schotter stehen. Wagen 7 aber stieß frontal in das Stellwerksgebäude des Bahnhofes Erfurt-Bischleben und wurde zur Hälfte zerstört. Die Wagen 8 bis 10 standen ebenfalls im Schotter.
Den Anwohnern blieb das Geschehen im Bahnhof Erfurt-Bischleben nicht verborgen, zu gewaltig war der Krach. In der Einsatzzentrale des Erfurter Rettungsdienstes leuchteten alle Lampen. Feuerwehr, Notarzt, Polizei, alle waren alarmiert. Weitere Rettungsleitstellen wurden informiert, ein Großaufgebot an Rettungskräften kam rasch an der Unfallstelle an. Die Ersthelfer, Bewohner Bischlebens, des Vororts von Erfurt, hatten bereits begonnen, Verletzte zu bergen. Als die Verletzten in den Krankenhäusern Erfurts weiterversorgt wurden, fielen den Schwestern und Ärzten oft bündelweise D-Mark-Scheine entgegen, als

sie die Verletzten aus ihrer Bekleidung schnitten. Manche sollen vier Jacken übereinander angehabt haben. Die Bergung der Verletzten und Toten dauerte bis in die Nacht hinein, Scheinwerfer erhellten die Unfallstelle.
Erst am Morgen des 12. Juni begannen Panzer der Nationalen Volksarmee und der russischen Streitkräfte, die verunfallten Waggons zu bergen. Als alle Bergungsarbeiten abgeschlossen waren, rückten die Gleisbauer an und stellten die zerstörten Gleise wieder her. Die Strecke Neudietendorf-Erfurt wurde erst am Nachmittag für den Zugverkehr freigegeben.
Juristisch wurde dieser Eisenbahnunfall ebenfalls aufgearbeitet. Die Staatsanwaltschaft Erfurt leitete ein entsprechendes Ermittlungsverfahren ein. Die damals für die Sicherheit auf Bahnhöfen und den Eisenbahnverkehrswegen zuständige Transportpolizei ermittelte zahlreiche Pflichtverletzungen, konnte aber letztendlich den zuständigen Stellen nicht nachweisen, dass die Gleisbauarbeiten schlampig ausgeführt worden waren. Ein Grund dafür war die Zerstörung der Gleisanlagen im Bahnhof Erfurt-Bischleben. Das Ermittlungsverfahren der Staatsanwaltschaft Erfurt wurde eingestellt. Intern wurden dennoch einige Verantwortliche wegen Pflichtvernachlässigung zur Rechenschaft gezogen. Dieser schwerste Eisenbahnunfall in Erfurt kostete vierzehn Menschen das Leben, 107 Menschen wurden zum Teil schwer verletzt und ein Sachschaden in Höhe von 1,16 Mill. DDR-Mark entstand. Sachschaden kann ersetzt werden, Menschenleben nicht.
Im Februar 1980 arbeiteten einige Monteure des Bahnbetriebswerkes Erfurt an den automatischen Gleisbremsen auf dem Rangierbahnhof Erfurt. Dort wurden Güterzüge zusammengestellt und für die Weiterfahrt zu ihren Bestimmungsbahnhöfen sortiert. Über den Ablaufberg liefen die einzelnen Güterwaggons in

ihre Richtungsgleise. Darunter waren auch mehrere Autotransport-Waggons, die das Ziel Bulgarien hatten. Rund 120 PKW Wartburg waren auf den Waggons, die aus dem Eisenacher Wartburg-Werk auf die Reise gingen. Eine Radaranlage, die die Geschwindigkeit der Waggons messen sollte, um die Bremsleis-

Folge eines dramatischen Unfalls.

tung der Gleisbremsen zu dosieren, damit die Waggons bis in das Richtungsgleis rollen würden, versagte. Die etwa zwanzig Waggons rollten völlig ungebremst bis an das Gleisende, das durch einen Prellbock gesichert war. Ob der Defekt mit den Arbeiten der Monteure im Zusammenhang stand, konnte nicht ermittelt werden. Die Wucht des Aufpralls an diesem Prellbock war so gewaltig, dass bei vielen „Wartburgs“ auf den oberen Plattformen Federbrüche im Fahrwerk verursacht wurden, während bei denjenigen in der unteren Ebene das Fahrzeugdach teilweise bis zu zwanzig Zentimeter eingedrückt wurde. Sachschaden in Millionenhöhe!

Ein wirklich kurioser Eisenbahnunfall ereignete sich am 18. Juli 1897 am Löbertor. Damals gab es eigentlich zwei Eisenbahnbrücken über die Löberstraße und zwischen den beiden Brücken gab es eine Lücke. In dieser Lücke endete oberhalb der Löberstraße ein Stumpfgleis mit einem Prellbock. Der Lokführer der Dampflok war wahrscheinlich viel zu schnell auf den Gleisen unterwegs, jedenfalls gelang es ihm nicht, vor dem Prellbock anzuhalten. So raste die Dampflok über das Gleisende hinaus und stürzte mit dem Prellbock zusammen auf die Löberstraße. Der 18. Juli 1897 war ein Sonntag, dessen morgendliche Stille durch den gewaltigen Lärm des Absturzes der Dampflok empfindlich gestört wurde. Der Krach rief nicht nur zahlreiche Schaulustige aus der Nachbarschaft an den Unfallort, sondern auch einige Fotografen. Wenige Tage später gab es bereits Ansichtskarten von Erfurt mit diesem kuriosen Bahnunfall als Hauptmotiv. Dass die Lokomotive Schrott war, ist klar. Glücklicherweise blieb es bei Sachschäden, Personen wurden nicht verletzt. Welches Ungemach den Lokführer ereilte, ist nicht überliefert.

Wenn der egapark leuchtet

Der egapark gehört zu den schönsten Gärten in Thüringen. Ab den späten 1950er-Jahren wurde das Gelände um die ehemalige Cyriaksburg im Nationalen Aufbauwerk zu einem Ausstellungsgelände umgestaltet. In über 416.000 Arbeitsstunden wurden mehr als 100.000 Kubikmeter Erde bewegt, 18,3 Kilometer Straßen und Wege neu gebaut, fast 12 Kilometer Be- und Entwässerungsleitungen verlegt, 40 Kilometer Kabel gezogen und über 400 Leuchten montiert. 14 Hallen und Pavillons, die teilweise noch stehen, ein Parkrestaurant, dessen Standort mittlerweile lediglich schemenhaft erkennbar ist, und ein Freilichttheater, das für nahezu 1000 Zuschauer ausgelegt war, wurden in Vorbereitung auf die 1. Internationale Gartenbauausstellung der sozialistischen Länder (iga) im Jahr 1961 neu errichtet. Seit Mitte der 1950er-Jahre bereiteten die Organisatoren diese Gartenbauausstellung vor. Die Idee dazu wird dem damaligen Oberbürgermeister Erfurts, Georg Boock, zugeschrieben.
Der daraus hervorgegangene und inzwischen unter Denkmalschutz stehende egapark ist heute ein sehenswerter Garten von 36 ha Größe mit vielen, wirklich vielen Blumen, zahlreichen Ausstellungshallen und einem bemerkenswerten Schmetterlingshaus. Der Aussichtsturm, auf einem der beiden Türme der einstigen Zitadelle Cyriaksburg errichtet, ist einen Aufstieg wert. Obwohl die Stahlspirale manchmal etwas schwankt, macht der faszinierende Ausblick über die Stadt und die ega das mulmige Gefühl wett.
Im zweiten Festungsturm ist seit den 1950er-Jahren eine Sternwarte mit einem Zeiss-Teleskop untergebracht. Spaziergänge entlang der Wasserachse oder durch die verschiedenen thematischen Gärten – Rosen-, Lilien- oder Irisgarten – bieten nicht

Am Eingang zum egapark grüßt der „Aufbauhelfer“, eine Skulptur von Fritz Cremer (1906–1993), einem der führenden Bildhauer der DDR.

nur Erholung, sondern erfreuen ebenso das Auge. Ob die Besucher im Japanischen Garten Körper und Geist nach Zen-Manier wieder in Einklang bringen oder im Staudengarten Anregungen für ihre eigenen gärtnerischen Unternehmungen suchen – sie werden nicht enttäuscht werden. Des Weiteren locken auf dem Gelände ein Bauernhof (mit Esel- und Ponyreiten), ein Naturlehrpfad, ein Bienenhaus und die tropische Erlebniswelt in den Schauhäusern.

Zwischen Ende November und Mitte Januar, also in der dunkelsten Zeit des Jahres, verwandelt sich der egapark in eine zauberhafte Parallelwelt. Bäume und Sträucher sind kaum wiederzuerkennen. Gebäude, an denen wir bei Tageslicht fast achtlos vorbeigehen, zeigen sich plötzlich völlig verändert. Das ist das „Winterleuchten“. Im warmen Licht erstrahlen nicht nur Bäume und Sträucher, auch die Mauern der Geschütztürme und die Wege sind bunt angestrahlt. Magische Wesen säumen die Wege, die ihr eigenes Leben zu haben scheinen. Es war eine tolle Idee der Stadtwerke Erfurt, zu denen der egapark gehört, Lichtdesigner einzuladen und uns eine völlig neue Sichtweise auf Altbekanntes zu ermöglichen. Wer sich darauf einlässt, wird auf jeden Fall belohnt. Magische Lichtwesen bevölkern seit 2014 den egapark. Die Lichtkünstler Wolfgang Flammersfeld und Reinhard Hartleif, 2020 mit dem German Design Award ausgezeichnet, begannen im Jahr 2006 Parks, Gärten oder auch Innenstadtbereiche mit Lichtskulpturen in ein, im wahrsten Sinne des Wortes, „neues Licht“ zu rücken.

Unter dem Berg – die Horchgänge

Hoch über der Stadt, vom Domplatz aus zu erahnen, ist eine der wenigen erhaltenen innerstädtischen barocken Festungsanlagen Europas zu finden: die Zitadelle Petersberg. Im Fuße der Festungsmauern wurden bereits bei Errichtung der Festung Horchgänge angelegt, die oft fälschlicherweise als Minengänge bezeichnet werden. Diese Horchgänge dienten zur Feststellung eines feindlichen Angrabens der Festung durch „Mineure“ und der Unterbindung dieser Arbeiten. Das Minieren war damals gängige Kriegspraxis, um Festungen anzugreifen. Mineure trieben mit bergbautechnischen Mitteln Stollen voran, an deren Ende mithilfe von Sprengstoff die Festungsmauern zum Einsturz gebracht werden konnten. Mit der Anlage von Horchgängen versuchte man diese Angriffe zu vereiteln.

Soldaten der Festungsbesatzung patrouillierten ständig in den Horchgängen, um Schachtarbeiten zu erlauschen und entsprechende Gegenmaßnahmen einleiten zu können. Wie sich die Soldaten wohl in den Horchgängen fühlten, können wir heute annähernd nachempfinden, wenn wir sie im Rahmen einer Führung besichtigen. Nun ist es aber in einer Gruppe wesentlich einfacher, sich in schmalen und niedrigen Gänge zu bewegen, als allein stundenlang auf „Horchposten" in der Dunkelheit auszuharren. Ausgerüstet mit Taschenlampen erleben wir vielleicht einen leichten Grusel, doch der ist nicht zu vergleichen mit dem, was die Soldaten seinerzeit empfanden.

Erzählen wir die Geschichte von Franz, einem Bauernsohn aus der Gegend um Erfurt am Ende des 17. Jahrhunderts. Vielleicht stammte Franz aus einem der Küchendörfer, die dem Kurfürsten und Erzbischof von Mainz ihre Erträge abzuliefern hatten, um den Mainzer Hof zu versorgen. Eines Abends kam ein Rekrutierungskommando ins Dorf. Die „Greifer", so nannte die Bevölkerung die Soldaten der Rekrutierungskommandos, machten Franz im Gasthaus einigermaßen betrunken, um ihm am Ende des Abends eine Unterschrift abzuverlangen, die ihn als Soldaten auswies. Am nächsten Morgen sah sich Franz in der Kaserne auf einer schmalen Pritsche. Wie bin ich hierhergekommen? Franz war „unerwartet" Soldat des kaiserlich-königlichen Bataillons von Graisgrug geworden, das mit einer Stärke von rund 560 Mann auf dem Petersberg die Festung sicherte. Untergebracht waren die Soldaten, Unteroffiziere und Offiziere in den Häusern der Bürger der Stadt. Sie trugen die Kosten für die Unterkunft selbst und mussten für Heizung und Licht sorgen.

Disziplin und unbedingter Gehorsam wurden in der Truppe großgeschrieben. Franz, der von Militär überhaupt keine Ahnung hatte, geriet sicherlich mehr als einmal täglich in Konflikt mit seinen

Zwischen 1993 und 2014 stellte das Traditionsregiment „von Wartensleben“ das militärische Leben auf der Festung nach.

Vorgesetzten. Die militärischen Strafen, die zum Teil bis ins 19. Jahrhundert vollzogen wurden, waren sehr rigide: Neben Auspeitschen, Essensentzug, Wasserentzug oder Soldeinbehaltung war der „Spießrutenlauf“ gängige Praxis. Wer nun aber denkt, dass die Soldaten, die das Spalier bildeten, Rücksicht auf ihren Leidensgenossen nehmen konnten, täuscht sich. Wenn der Korporal, Unteroffizier oder Offizier bemerkte, dass einer aus dem Spalier nicht „ordentlich zustach“, drohte ihm ebenfalls ein Spießrutenlauf oder Kerkerhaft oder eine andere Strafen. Wie auch immer. Franz war nun kurmainzischer Soldat und hatte sich dem Regime zu beugen. Befehl ist Befehl und er muss ausgeführt werden.
Franz war regelmäßig zur Wache eingeteilt und marschierte mit seinen Leidensgenossen zur Wachstube im Tordurchgang des Kommandantenhauses. Dort war der Aufenthaltsraum für

diejenigen, die als „Bereitschaft“ eingeteilt waren, und diejenigen, die Ruhezeit hatten. Alle Soldaten hatten ihre Gewehre zu Garben aufgestellt. Wer Bereitschaft hatte, durfte sich durchaus mit Kartenspiel oder Würfeln die Zeit vertreiben. Diejenigen, die Ruhezeit hatten, lagen auf strohgedeckten Pritschen und dämmerten vor sich hin. Wer zum Postendienst eingeteilt war, hatte sein Gewehr bei sich und stand in den Wachhäuschen an den Festungsmauern, patrouillierte über das Festungsgelände oder hatte eben den Dienst in den Horchgängen zu übernehmen.
Franz konnte von der Wachstube aus direkt hinunter in die Horchgänge im Mauerfuß der Bastion Kilian gehen. Der Gang ist nicht sonderlich hoch, ohne Kopfbedeckung hätte Franz wahrscheinlich aufrecht gehen können, doch mit Helm war das unmöglich. Dazu die lange Flinte mit aufgesetztem Bajonett! Lediglich gebücktes Gehen war möglich. Eine Fackel als Beleuchtung hatte Franz bei sich. Tageslicht schien nur spärlich durch die schmalen Schießscharten, die heute noch zu sehen sind. Würde ein Luftzug die Flamme auslöschen, stünde Franz im Dunkeln. Doch Dunkelheit hat durchaus Vorteile: Das Gehör schärft sich, weil das Auge nicht „arbeiten“ muss. So hätte Franz die verräterischen Geräusche hören können, die so ganz typisch waren, wenn gegnerische Soldaten versuchten, die Festungsmauern zu unterminieren: ein Scharren, ein Graben, vielleicht leise Stimmen. Franz hätte diese Geräusche erkannt. Sofort hätte er Alarm gegeben und all seine Kumpane wären auf ihre Posten gerannt und hätten die Angreifer zurückgeschlagen.
Das Leben der einfachen Soldaten war mehr als beschwerlich. Sie versahen einen anstrengenden Dienst und waren ständig den Repressalien ihrer Vorgesetzten ausgesetzt. Die Verpflegung war auch alles andere als gut und ausreichend. Einen Sold

gab es, doch der wurde zum größten Teil von den Unterkunfts- und Verpflegungskosten aufgebraucht. Da blieb fürs Wirtshaus nicht viel übrig, wo die Soldaten ohnehin nicht gern gesehen waren. Ach, ich sage euch eines: Wer will schon Militär? Nur Militärs!

Die laufenden Kosten für die Festung waren hoch. Getreidevorräte für rund 270 000 Pfund Brot lagerten innerhalb der Festung. Bis zur Einrichtung der Festungsbäckerei östlich der Defensionskaserne im Laufe des 19. Jahrhunderts wurde das Brot in der Stadt gebacken. Vieh wurde ebenfalls innerhalb der Festung gehalten, damit frisches Fleisch verfügbar war, außerdem wurde eingesalzenes und gepökeltes Fleisch eingelagert. Dazu kamen die Munitionsvorräte, rund 12.000 Musketenkugeln und rund 270 Zentner Pulver, 280 Zentner Lunten, 25 Zentner Salpeter und 58 Zentner Schwefel. Pulver, Salpeter und Schwefel wurden in den Pulvermagazinen gelagert, von denen es in der Festung etliche gab.

Von all diesen Dingen wusste Franz herzlich wenig, seine Sorgen waren ganz anderer Natur: Werde ich den Dienst unbeschadet überstehen, werde ich wohl in den Krieg ziehen müssen? Und wenn ja, werde ich den Krieg überleben? All diese Gedanken und die Gedanken an seine Lieben daheim werden ihm durch den Kopf gegangen sein, während er in den dunklen Horchgängen seinen Dienst versah.

In der Tourist-Information können Besichtigungen der Horchgänge, die „Funzel-Führungen“, gebucht werden. Ein wohliger Schauer läuft uns über den Rücken, wenn wir die Geschichten aus der Zeit von Soldat Franz hören. Da in der Winterzeit weite Teile der Horchgänge von Fledermäusen für ihre Winterruhe genutzt werden, gibt es die Funzel-Führungen nur im Sommer. Es lohnt sich!

Ursprünglich stand auf dem Petersberg das Kloster Peter und Paul des Benediktinerordens – daher auch der Name Petersberg. Die Mönche lebten auf dem Berg wahrscheinlich seit dem frühen 12. Jahrhundert. Auch wenn die Jahreszahl 706 als Gründungsdatum des Erfurter Benediktinerklosters durch die Chroniken geistert, ist sie wohl eher eine Erfindung als eine Tatsache. Die ersten glaubhaften Nachrichten stammen aus dem Jahr 1103, dem Beginn der Errichtung der Klosterkirche St. Peter und Paul. Die Mönche hatten ein arbeits- und entbehrungsreiches Leben, getreu ihrer Ordensregel „bete und arbeite – ora et labora“. Bis zum Ausbruch des Dreißigjährigen Krieges 1618 waren die Mönche alleinige Bewohner des Petersberges. 1631 ließ Schwedenkönig Gustav II. Adolf Teile des Klosters zu einer Festung herrichten.
Die Auswirkungen des Dreißigjährigen Krieges brachten für das überwiegend protestantisch geprägte Erfurt die Verpflichtung, nach dem katholischen Glauben des Stadtherrn, dem Erzbischof und Kurfürsten von Mainz, zu leben. Diese Festlegung rief den Widerstand besonders des Erfurter Rates hervor, der dem Stadtherrn den Gehorsam und dessen neu erworbene „alte“ Rechte verweigerte. Über die Jahre führte dieser Widerstand zum Aussprechen der Reichsacht über die Stadt Erfurt, zur Belagerung durch kurmainzische Truppen und schließlich zur Kapitulation der Stadt am 5. Oktober 1664 „auf Gnade und Ungnade“. Durch die sich anschließende „Reduction“ verlor Erfurt seine kommunale Selbstständigkeit, unterstand nun in allen Belangen dem Erzbischof und Kurfürsten von Mainz und war fortan eine kurmainzische Provinzstadt.
Noch im Herbst 1664 begannen die Planungen für einen Festungsbau auf dem Areal des Klosters Sankt Peter und Paul. Nach einer Besichtigung durch Johann Philipp von Schönborn,

den damaligen Erzbischof und Kurfürsten von Mainz, in Begleitung des französischen Generals Pradel, weiterer Offiziere und eines Ingenieurs, wurden erste Entwürfe für einen Festungsbau gefertigt. Bevor am 1. Juni 1665 der Grundstein für die Zitadelle gelegt wurde, schufen etwa 600 Arbeitskräfte Baufreiheit: Mehrere Häuser am Südhang des Petersberges wurden abgerissen, andere zu Soldatenunterkünften erklärt, eine Treppe zum Kloster Sankt Peter und Paul abgebrochen und die Weinberge eingeebnet. Schluss mit klösterlichem Genuss! 16.000 Baumstämme wurden zu Palisaden verbaut, Gräben ausgehoben und Tore errichtet, die den Zugang zur Baustelle regelten. Vom Kloster genutzte Flächen und Gebäude fielen dem Festungsbau zum Opfer: der Ackerhof mit Stallungen und Scheunen, der weitläufige Obstgarten der Benediktinermönche, der herrschaftliche Wohnsitz „zum grünen Hagen“ und das Klosterkrankenhaus. Teile der Andreasvorstadt lagen nun innerhalb der Festung.

Die westliche Flanke der geplanten Festung war bereits durch die Mauern des Klosters gesichert, die Stadtseite jedoch unbefestigt. Bei einer möglichen Einnahme Erfurts durch Angreifer wäre der Petersberg von der Stadtseite her also ohne Schutz und somit als letzter Verteidigungspunkt nutzlos gewesen. Aus diesem Grund errichtete man zuerst die stadtseitigen Festungsanlagen, die Bastionen Martin, Kilian und Leonhard. Im gleichen Zeitraum wurden das Peterstor und das Kommandantenhaus fertiggestellt. Anschließend begannen die Arbeiten an der Kaserne A, die im letzten Viertel des 17. Jahrhunderts fertiggestellt wurde, und damit einer der ersten Kasernenbauten für ein stehendes Heer in Deutschland ist. Ebenfalls während dieser Zeit baute man die Leonhardskapelle zum Zeughaus um und errichtete die Kurtinen, die Verbindungsmauern zwischen den Bastionen Johann und Michael.

Die Arbeiten an den Verbindungsmauern unterhalb der Corpus-Christi-Kapelle begannen und die Bastionen Gabriel, Philipp, Johann, Michael und Franz wurden zum größten Teil, die Ravelins Anselm und Lothar zur Gänze fertiggestellt. Zu Beginn des 18. Jahrhunderts waren die Arbeiten an der Kernfestung abgeschlossen. Das Ganze kostete Unmengen, pro Woche fielen rund 540 Reichstaler an. Zum Vergleich: Ein Tagelöhner erhielt 3 Groschen Lohn am Tag. Er hätte also knapp 12 Jahre für diese Summe arbeiten müssen. Für seinen Tagelohn von 3 Groschen hätte unser Tagelöhner 4 Pfund Brot und zwei Pfund Speck kaufen können.
Militärisch wurde die Zitadelle Petersberg nie eingenommen. Als im August 1802 Preußen die Macht in Erfurt übernahm, wurden die kurmainzischen Truppen auf dem Petersberg lediglich entwaffnet und den preußischen Truppen eingegliedert. So einfach. Die Uniform musste nicht zwingend gewechselt werden, es genügte, wenn am Ärmel die neue Einheit ersichtlich war. Einzig die Kommandeure wechselten. Nicht nur die kurmainzischen Truppen kapitulierten 1802, als die Preußen die Macht übernahmen. Die preußischen Militärs selbst übergaben die Festung kampflos, als am 16. Oktober 1806 französische Truppen die Stadt belagerten und Kaiser Napoleon in Erfurt das Kommando hatte. 1814 waren erneut die Preußen Herren über die Festung. Nach dem Zweiten Weltkrieg waren auf dem Petersberg Flüchtlingslager eingerichtet und das Militär nutzte etliche Gebäude. Später war ein Teil des Petersberges fest in der Hand der Stasi. Erst nach 1990 ging das gesamte Festungsareal in zivile Nutzung über.

Von Dieben und Henkern

Drastische körperliche Strafen, die selbst für geringere Vergehen von den Richtern verhängt wurden, waren in Deutschland bis in das 19. Jahrhunderts üblich. Dieben hackte man, je nach Schwere des Diebstahls, Finger oder gleich die ganze Hand ab, angebliche Hexen und Hexer wurden bei lebendigem Leibe verbrannt. Geheimnisverrat wurde oft mit Herausschneiden der Zunge geahndet. All diese Urteile wurden größtenteils öffentlich vollstreckt. Das mag ich mir nicht vorstellen. Ein Spektakel, das oft eine große Menschenmenge anzog und nahezu Volksfestcharakter hatte. Die Menge strömte auf dem Richtplatz zusammen, um dem Delinquenten beim Sterben zuzuschauen, und applaudierte dem Henker, wenn er die Hinrichtung fachgerecht ausführte!

In Erfurt gab es mehrere Plätze, an denen Gericht gehalten wurde und geringere körperliche Strafen, wie etwa Auspeitschen oder das im Volke wohl sehr beliebte „an den Pranger stellen" vollstreckt wurden. Teilweise wurden sogar Todesstrafen vollzogen. Üblicherweise lagen die Hinrichtungsstätten aber außerhalb der Stadtmauern. Der Stollberg, der Rabenstein (der heutige Hanseplatz) oder der Galgenberg waren solche Richtstätten. Der Fischmarkt ist spätestens ab dem 12. Jahrhundert als Gerichtsort bekannt. Der Obervierherr Volkmar Limprecht (heute mit dem Amt des Oberbürgermeisters vergleichbar) zum Beispiel wurde am 20. November 1663 direkt auf dem Fischmarkt hingerichtet. Auch der Prozess gegen den Obervierherren Heinrich Kellner im Jahr 1510 fand öffentlich auf dem Fischmarkt statt, mit Blick auf das Rathaus, in dem Kellner viele Jahre als Ratsherr die Geschicke der Stadt mitbestimmte. Seine denkwürdige Hinrichtung sollte ur-

Ein unbekannter Zeichner hielt die Hinrichtung des Stadtsyndicus Dr. Berthold Bobenzan am 1. Juni 1514 auf dem Rabenstein (heute Hanseplatz) fest.

sprünglich nahe beim Krämpfertor stattfinden, wo man bereits einen Galgen im Graben vor der Stadtmauer errichtet hatte. Allerdings bestanden die aufgebrachten Bürger Erfurts darauf, Kellner dort hinzurichten, wo auch alle anderen Diebe gerichtet wurden, auf dem Stollberg. Dort wäre Kellner „in bester Gesellschaft“. 14 Wochen lang soll die Leiche Kellners am Galgen gehangen haben! Erst dann fanden sich zwei Handwerksburschen, die gegen Geld den Leichnam nach Lützendorf, nahe des Ettersberges, brachten und auf dem Kirchhof begruben.
Einige Chronisten berichteten auch über skurrile Begebenheiten. So schrieb Johann Heinrich von Falckenstein in seiner „Historia von Erfurt“, dass am 12. März 1569 der Scharfrichter Moritz von einem Berufskollegen erstochen und der Täter durch einen

anderen Meister desselben Faches mit dem Schwert gerichtet wurde. Berufskollegen unter sich. Es passierte gelegentlich, dass das Publikum mit der Art und Weise der Hinrichtung unzufrieden war, da konnte es dem Henker schon mal selbst an den Kragen gehen. So geschehen am 21. März 1577, als Georg Krantzen wegen Diebstahls des Opferstockes der Barfüßerkirche mit dem Rad gerichtet wurde. Nachdem der Scharfrichter bereits einige Male mit dem Rade auf den Dieb eingeschlagen hatte, griff dieser in dasselbe, sodass Henker und seine Gehilfin große Mühe hatten, das Rad wieder an sich zu bringen. Daraufhin warf das unzufriedene Publikum mit Steinen nach dem Henker und seiner Gehilfin, seiner Ehefrau. Beide kamen aber mit dem Leben davon.
Mancher Dieb, der bereits am Galgen hing, wurde von anderen Dieben beraubt. Der Chronist Wolfgang Bütner veröffentlichte 1596 eine Chronik, in der er berichtet, dass dreizehn Jahre zuvor in Erfurt ein Dieb gehenkt worden war, der zu seiner Hinrichtung ein neues schönes Hemd angezogen hatte. Des Nachts kam ein Berufskollege und stahl dem Toten das Hemd, streifte es selbst über und ging seiner Wege. Doch irgendjemand hatte diese schimpfliche Tat beobachtet und die Stadtwache alarmiert. Bald hatte man den Dieb gefangen und am nächsten Morgen vor Gericht gestellt. Auch dieser Spitzbube wurde am Galgen erhängt. Kurz darauf machte in ganz Thüringen das Sprichwort die Runde: In Erfurt hingen zwei Diebe in einem Hemd. Die letzte öffentliche Hinrichtung war am 11. Oktober 1850. Der Maurer Mecke aus Mühlhausen wurde auf dem Galgenberg (Ringelberg) mit dem Beil hingerichtet.
Aber auch im 16. und 17. Jahrhundert gab es durchaus freundliche, gesellige Ereignisse. Die Märkte, die allerorten abgehalten worden, zogen nicht nur Kauflustige an, sondern auch Musiker

und Schauspieler, die allerlei Belustigungen boten. Bänkelsänger sangen von Abenteuern und Liebschaften, die andere erlebt hatten, manch Straßentheater stellte Szenen dar, die Ereignisse aus der Zeit nachstellten, natürlich satirisch überhöht. Ein wenig von diesem historischen Flair erleben wir heutigen Erfurter, wenn zum Krämerbrückenfest der Mittelaltermarkt hinter der Brücke stattfindet, oder auch während der Vorweihnachtszeit auf dem Wenigemarkt. Die Chronisten vergangener Jahrhunderte berichteten über diese freudvollen Ereignisse kaum. Ihre Maxime war wie die der heutigen Journalisten: nur schlechte Nachrichten sind gute Nachrichten.

Ein finsteres Kapitel Industriegeschichte

Über die Ofenfabrik „Topf & Söhne" wird in Erfurt sehr häufig gesprochen, seit das Gelände der einstigen Fabrik unmittelbar an der Weimarischen Straße einer neuen Nutzung zugeführt worden ist. Als 1989 die DDR ihr durchaus verdientes Ende fand, war das Gelände, das in den letzten Jahren zum Erfurter Mälzerei-und-Speicherbau gehörte, zu einer Industriebrache verkommen. Dies war durchaus kein Einzelfall. Dem Optima Büromaschinenwerk im Brühl und dem Funkwerk Erfurt am Gothaer Platz ging es ähnlich. Die einstigen volkseigenen Betriebe hatten keine Chance.
Johann Andreas Topf, von Beruf Braumeister, gründete 1878 ein feuerungstechnisches Baugeschäft und fertigte Mälzereianlagen für Brauereien. Darüber hinaus produzierte er in seiner Fabrik Dampfkessel und fertigte Schornsteine und Speicher. Später kamen Be- und Entlüftungsanlagen hinzu. Die Söhne

des Firmengründers traten 1929 bzw. 1931 in den Betrieb ein, der schon vor dem Ersten Weltkrieg ein großes Unternehmen mit mehr als 500 Angestellten und Arbeitern gewesen war. Die Brüder Topf kooperierten mit dem NS-Regime, beide waren Mitglieder der NSDAP und nahmen gern Aufträge entgegen. Sie produzierten unter anderem Granaten und Ersatzteile für die Flugzeuge der deutschen Luftwaffe. Eine besondere Abteilung aber war der „Bereich D" – der Feuerungsbau. Seit 1914 wurden in dieser Abteilung Einäscherungsöfen für Krematorien entworfen und gebaut. Obwohl der Umsatz in diesem Fertigungsbereich im Vergleich zu den anderen Produktionsbereichen eher gering war, ist der Name Topf & Söhne bis heute mit den Verbrennungsöfen in den nationalsozialistischen Konzentrationslagern verbunden. Die Firmeninhaber hatten sich, ohne wirklich wirtschaftlich davon abhängig zu sein, ganz dem nationalsozialistischen System verschrieben. Die Ingenieure Kurt Prüfer und Karl Schultze waren offizielle Repräsentanten der Firma Topf & Söhne für die SS in Auschwitz und standen „mit Rat und Tat" zur Seite, wenn die SS wissen wollte, wie der Massenmord noch effektiver durchgeführt werden konnte. Topf & Söhne lieferte auch die Technik für die Gaskammern in den Vernichtungslagern. Zumindest alle leitenden Mitarbeiter der Firma wussten, wofür ihre Produkte und technischen Lösungen verwendet wurden. Besonders sarkastisch scheint uns heute die Grußformel, die auf den Geschäftsbriefen der Firma u. a. im Schriftwechsel mit der SS benutzt wurde: „Stets gern für Sie beschäftigt."
Nach dem Zweiten Weltkrieg wurde die Firma Topf & Söhne erst landeseigener Betrieb, 1948 dann als „Topf-Werke Erfurt VEB" verstaatlicht und in die VVB NAGEMA eingegliedert (Vereinigung Volkseigener Betriebe des Maschinenbaus für Nahrungs- und Genussmittel, Kälte- und chemische Industrie).

1957 wurde das Unternehmen in „VEB Erfurter Mälzerei- und Speicherbau" umbenannt. Der „EMS" ging drei Jahre nach der 1993 erfolgten Privatisierung in Konkurs. Seitdem war das Firmengelände dem Verfall preisgegeben, die Natur begann das Areal zurückzuerobern.
Im April 2001 besetzten Jugendliche einen Teil des brachliegenden Firmengeländes. Sie hatten die Absicht, ein alternatives Kulturzentrum einzurichten. Einige Gebäude setzten die Jugendlichen notdürftig instand und lebten dort. Sie boten unter anderem Führungen über das Firmengelände an, organisierten Vorträge zur Geschichte der Firma Topf & Söhne und brachten sich in die aktuellen Planungen zur zukünftigen Nutzung der Industriebrache ein. Alle Versuche, den Erfurter Stadtrat zu überzeugen, auf diesem Gelände ein alternatives Kulturzentrum zu etablieren, scheiterten letztendlich. Das „Besetzte Haus" aber wollten die Jugendlichen auf keinen Fall hergeben. Alternativangebote der Stadt wurden von den Jugendlichen abgelehnt. Der neue Eigentümer des Grundstückes klagte beim Landgericht Erfurt auf Räumung und bekam recht. Schließlich beendete die Thüringer Polizei, die von Spezialeinheiten aus drei weiteren Bundesländern unterstützt wurde, die Besetzung des Firmengeländes und räumte das besetzte Haus. Den Hubschrauber, der am 14. April 2009 das Gelände für die für geplante Räumung sondierte, beschossen die Jugendlichen mit Silvesterraketen. Glücklicherweise kam niemand zu Schaden.
Am 16. April 2009 wurden die Anwohner im Nonnenrain, dem Sorbenweg und der Wilhelm-Busch-Straße mit viel Blaulicht und Sirenengeheul kurz nach halb sechs Uhr morgens geweckt. Dutzende Polizeiautos standen rund um das Firmengelände, zwei Hubschrauber kreisten über dem Areal. Die Hausbesetzer begrüßten die Polizisten mit Steinen, die sie vom Dach eines

Das einstige Verwaltungsgebäude der Firma Topf & Söhne ist heute ein Erinnerungsort.

Hauses warfen. Beamte eines Spezialeinsatzkommandos seilten sich aus einem der beiden Hubschrauber ab, um der Steinewerfer habhaft zu werden. Auch aus dem zweiten Hubschrauber seilten sich Beamte ab, die in das Gebäude eindrangen. Vor dem Haupteingang zum Gelände von Topf & Söhne in der Rudolstädter Straße und vor ihrem besetzten Haus hatten die Jugendlichen Barrikaden aus Sperrmüll errichtet, die bei Eintreffen der Polizei in Brand gesteckt wurden. Ein Wasserwerfer löschte das Feuer rasch.
35 Jugendliche, die vor dem Eingang zum besetzten Haus eine Sitzblockade bildeten, wurden vorläufig festgenommen. Nach und nach wurden innerhalb der Gebäude weitere 24 Jugendliche durch die Einsatzkräfte aufgegriffen. Fünf Hausbesetzer hatten sich im Dachgeschoss des besetzten Hauses angekettet, sodass die Polizei mit Werkzeug anrücken musste. Die Jugendlichen waren auf eine Räumung vorbereitet: Nagelbomben, Feuerwerkskörper, eine Steinschleuder und einsatzbereit gefüllte Brandflaschen, die berüchtigten Molotow-Cocktails. Das hätte auch anders ausgehen können. 64 Jugendliche gegen rund 200 Einsatzkräfte der Polizei. Wer hätte da wohl gewonnen? Nach knapp vier Stunden war der Spuk vorbei. Das Besetzte Haus war nicht länger besetzt. Unmittelbar nach der Räumung rückten Bagger an und begannen mit den Abrissarbeiten.
Alle an der Sitzblockade und der Besetzung Beteiligten wurden wegen Landfriedensbruch, Hausfriedensbruch und Widerstand gegen polizeiliche Maßnahmen angeklagt. Aber auch der Freistaat Thüringen und die Thüringer Polizei wurden von vier Jugendlichen wegen Unverhältnismäßigkeit bei der Aktion angeklagt. Zumindest diese vier haben zwei Jahre später vor dem Verwaltungsgericht Weimar recht bekommen.

Das Vorgehen der Polizei war rechtswidrig. Der damalige Einsatzleiter begründete das Handeln der Beamten damit, dass es im Vorfeld Aufrufe aus der Hausbesetzerszene gegeben habe, „mit allen Mitteln gegen die Räumung“ vorzugehen. Auch die Anklagen gegen die Hausbesetzer wegen Landfriedensbruchs und Hausfriedensbruchs wurden später fallen gelassen.
Das einstige Verwaltungsgebäude der Firma Topf und Söhne ist heute ein Erinnerungsort, der die Geschichte dieser Firma dokumentiert und an die Opfer erinnert.

Erfurter Nachtleben

So langsam bin ich aus dem Alter heraus, in dem ich mich spätabends oder nachts in den Straßen von Erfurt tummele, dennoch kommt es von Zeit zu Zeit vor, dass auch ich das Nachtleben in Erfurt genieße.
Unsere zahlreichen Studierenden haben da eher Gelegenheit und Muße, sich die Nächte um die Ohren zu schlagen. Der bekannteste und beliebteste Spruch unter den Nachtschwärmern ist wohl die leicht veränderte Zeile aus einem früheren Kinderlied: „Wenn Mutti früh zur Arbeit geht, dann komme ich nach Haus ...“ Doch woher? Es gibt in Erfurt keine ausgesprochene Party-Meile, eher ist die gesamte Innenstadt ein Ort des nächtlichen Vergnügens, des Abhängens und Chillens. Zahlreiche Clubs öffnen ihre Türen erst am späten Abend, meist gegen 21 Uhr oder später. Die Nachtschicht vorbereiten kann man in einer der zahlreichen Kneipen in der Innenstadt. Es gibt ein paar gastronomische Betriebe, die einen Besuch wirklich

Auf dem Fischmarkt kann man sich auf die Nacht „vorbereiten“.

lohnen. In der Michaelisstraße zum Beispiel kann man beim Bierbrauen fast zusehen und das frisch Gebraute gleich verkosten. Im Haus zum schwarzen Horn mixt uns ein Weltmeister und mehrfacher Europameister die Drinks im Modern Masters. Auch in der Pergamentergasse kann man den Abend mit einem Cocktail beginnen.

Sodann schlendert man Richtung Anger. Wo tagsüber Briefe sortiert werden, geht nachts die Post ab: Im Cosmopolar legen angesagte DJs auf und die Location ist echt trendy. Wer lieber handgemachte Musik mag, ist im Café Nerly in der Marktstraße gut aufgehoben. Die Nerly-Big-Band ist hier zu Hause und junge Nachwuchskünstler finden Gelegenheit, Bühnenluft zu schnuppern. Im Presseklub am Karl-Marx-Platz gibt es gediegenen Jazz. Das Kulturzentrum in der Engelsburg, der einstigen Humanistenstätte, bietet für alle Geschmäcker Kurzweil. Im Café „Kornack“ oder in den verschiedenen Floors und Bars des

Kulturzentrums kommen alle auf ihre Kosten. Der Erfurter Hof am Willy-Brandt-Platz war einst erste Adresse für internationale Gäste. Heute ist das ehemalige Hotel zu einem Bürogebäude umgebaut und im Erdgeschoss haben sich Geschäfte und Restaurants angesiedelt. Vielleicht im „Willy B.“ die Nacht beginnen und kurz nach Mitternacht hinüber in den Musikpark Erfurt, das wäre doch etwas, oder?
Wen es in die Nähe des Hirschgartens treibt, der kann im StageClub so richtig abtanzen oder einfach Musik und feine Drinks genießen.
Es lohnt sich aber auch, etwas weiter abseits der Innenstadt nachts unterwegs zu sein. Im Nachtklub „Kalif Storch“ am Güterbahnhof gibt es feine Konzerte und eine tolle Atmosphäre. Wer sich mal in den Norden verirren sollte, der kann im „Ilvers“ Livemusik genießen, von Rock 'n' Roll über Ska bis Grunge. Und wer die Nacht durchgetanzt hat, der kommt entweder zu Fuß – die Stadt ist ja nun wirklich nicht zu groß – oder mit Bus und Bahn ganz einfach wieder nach Hause. Ab vier Uhr morgens fahren Stadtbahn und Bus wieder.

Weitere Bücher aus der Region

Aufgewachsen in Erfurt. Kindheit und Jugend in den 40er- und 50er-Jahren
Eike Küstner
64 Seiten, zahlr. Farb- und S.-W.-Fotos
ISBN 978-3-8313-2012-7

Dunkle Geschichten aus Thüringen
SCHÖN & SCHAURIG
Sieglinde Mörtel
80 Seiten, S.-W.-Fotos
ISBN 978-3-8313-3268-7

Echt clever!
Geniale Erfindungen aus Thüringen
Thomas Bienert
120 Seiten, zahlr. Farb- und S.-W.-Fotos
ISBN 978-3-8313-2996-0

Erfurt - Gestern und Heute
Regina Söffker, Wolfgang Hase
72 Seiten, zahlr. Farb- und S.-W.-Fotos
ISBN 978-3-8313-2240-4

Wartberg-Verlag GmbH
Im Wiesental 1 34281 Gudensberg
www.wartberg-verlag.de

Bücher für Deutschlands Städte und Regionen
Tel. 0 56 03 - 93 05 0
Fax. 0 56 03 - 93 05 28